THE FIRST THOUSAND WORDS IN HEBREW

With Easy Pronunciation Guide

Heather Amery and Yaffa Haron

Illustrated by Stephen Cartwright

Pronunciation Guide by Susan Bell

אַמְבַּטְיָה
ambatya

סַבּוֹן
sabbon

בֶּרֶז
berez

בּוּעוֹת
boo'ot

מִבְרֶשֶׁת שִׁנַּיִם
mivreshet shinayim

מַיִם
mayim

מַגֶּבֶת
magevvet

סְפוֹג
sfog

מִקְלַחַת
miklachat

מִשְׁחַת שִׁנַּיִם
mishchat shinayim

כִּיּוֹר
keeyor

אַסְלָה
assla

כּוֹנָנִית
konnanit

שֻׁלְחָן
shoolchan

רַדְיוֹ
radyo

בַּבַּיִת
Ba'bayit
חֲדַר אַמְבַּטְיָה
chadar ambatya
חֲדַר אוֹרְחִים
chadar orchim

רַדְיָאטוֹר
radyator

צֶמֶר
tzemmer

טַפֶּט
tappet

שָׁעוֹן
sha'on

שָׁטִיחַ
shatee'ach

כָּרִית
kareet

פַּטֵיפוֹן
pattifon

חֲדַר שֵׁנָה
chadar sheyna

הוֹל
hol

מְנוֹרָה
menora

מִטָּה
meeta

שִׁדָּה
sheeda

מִבְרֶשֶׁת
mivreshet

כַּר
kar

אֲרוֹן בְּגָדִים
arron b'gaddim

מַרְבָד
marvad

תְּמוּנוֹת
t'moonot

כֶּסֶת
kesset

בְּגָדִים
b'gaddim

מַסְרֵק
massrek

מַרְאָה
re'ee

סָדִין
saddin

מַדְרֵגוֹת
madregot

עַכָּבִישׁ
akkavish

כֵּס...
...sseh

מִכְתָּבִים
michtavim

טֶלֶפוֹן
telefon

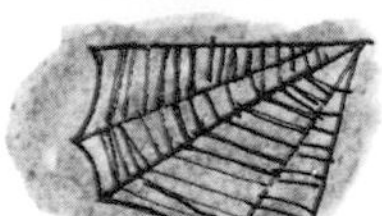

קוּרֵי עַכָּבִישׁ
koorei akkavish

זְבוּב
z'voov

עִתּוֹן
eeton

וָוִים
vavvim

5

הַמִּטְבָּח
Hamitbach

מְקָרֵר
mekkarer

כּוֹסוֹת
kossot

שָׁעוֹן
sha'on

כַּפּוֹת
kappot

סִנּוֹר
seenor

מֶתֶג
metteg

סִירֵי בִּשּׁוּל
seeray bishool

תַּחְתִּיּוֹת
tachtiyot

מַגְהֵץ
meghetz

קוּמְקוּם
koom-koom

בְּמַקֵּל סְחָבָה
s'chava b'makkel

שׁוֹאֵב אָבָק
sho'ev avvak

כִּיּוֹר
keeyor

מַזְלֵגוֹת
ma'zlegot

דֶּלֶת
dellet

מַטְלִית אָבָק
matlit avvak

שְׁרַפְרַף
sh'raffraf

סַכִּינִים
sakeeneem

מִשְׁחַת הַבְרָקָה
mishchat havrakka

6

תַּנּוּר בִּשׁוּל
tannoor bishool

אֲרִיחִים
arichim

מְגֵרָה
megera

אַשְׁפָּה
ashpa

מַחֲבַת
machvat

מְכוֹנַת כְּבִיסָה
mechonat kvissa

כַּף אַשְׁפָּה,
kaf ashpa,

צַלָּחוֹת
tzallachot

קֶרֶשׁ גֵּהוּץ
keresh geehootz

אַבְקַת כְּבִיסָה
avkat kvissa

מִבְרֶשֶׁת
mivreshet

אָרוֹן
arron

שֻׁלְחָן
shoolchan

נוּרָה
noorah

סְפָלִים
s'faleem

כַּפִּיּוֹת kappiyot

גַּפְרוּרִים
gafroorim

מַפְתֵּחַ
mafteyach

מַטְאֲטֵא
mattateh

קְעָרוֹת
ke'arrot

7

הַגִּנָּה
haggeena

מְרִיצָה
mereetza

כַּוֶּרֶת
kavveret

חִלָּזוֹן
cheelazon

לְבֵנִים
leveneem

פַּח אַשְׁפָּה
pach ashpa

זַחַל
zachal

אֵת
et

נְמָלָה
n'malla

יוֹנָה
yona

מַרְזֵב
marzev

סֻלָּם
soolam

זְרָעִים
zra'eem

צְרִיף
tzreef

תּוֹלַעַת
tola'at

פְּרָחִים
prachim

מַמְטֵרָה
mamtera

עֶצֶם
etzem

גָּדֵר חַיָּה
gadder chaya

8

מַכְסֵחָה
machsecha

שְׁבִיל
shvil

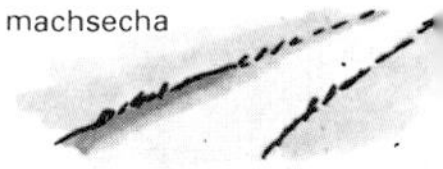

עֵץ
etz

קִלְשׁוֹן
kilshon

עָלִים
aleem

מַטְאֲטֵא
mattateh

צִנּוֹר הַשְׁקָיָה
tzinor hashkaya

מַעְדֵּר,
ma'der

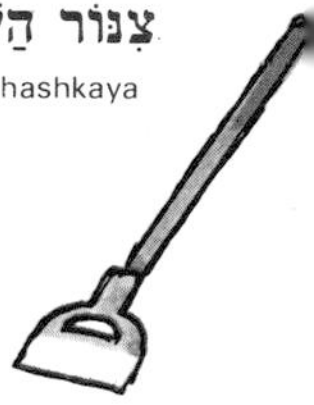

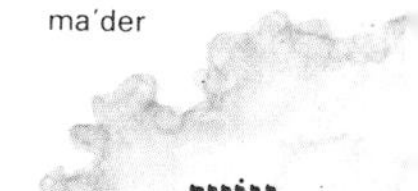

עָשָׁן
ashan

דְּבוֹרָה
dvora

מַגְרֵפָה
magrehfa

חֲמָמָה
chammama

עֲגֶלַת תִּינוֹק
eglat tinnok

צִרְעָה
tzir'ah

עֵשֶׂב
essev

צְמָחִים
tzmachim

מְדוּרָה
m'doora

קַן צִפּוֹר
kan tzippor

מַקְלוֹת
makklot

9

בֵּית הַמְּלָאכָה
bet hamlacha

נְיָר זְכוּכִית
n'yar z'choochit

מַקְדֵּחָה
makdeh'cha

בְּרָגִים גְּדוֹלִים
b'raggim g'dollim

נְעָצִים
n'atzim

מַסּוֹר
massor

נְסֹרֶת
n'ssoret

פַּטִּישׁ
pattish

פְּצִירָה
p'tzeera

תֵּבַת כֵּלִים
tevat kellim

מַבְרֵג
mavreg

קֶרֶשׁ
kerresh

קוּפְסַת צֶבַע
koofsat tzeva

שְׁבָבִים
shvavvim

אוֹלָר
ollar

10

חָבִית
chavit

גַּרְזֶן
garzen

אוּמִים
oomim

סֶרֶט מִדָּה
serret meedda

בְּרָגִים
b'raggim

סֻלָּם
soollam

מַסְמְרִים
masmerim

מֶלְחָצַיִם
melchatzayim

עֲצֵי הַסָּקָה
atzay hassaka

שֻׁלְחַן עֲבוֹדָה
shoolchan avoda

צִנְצָנוֹת
tzintzannot

עֵץ
etz

מַקְצוּעָה
maktzoo'ah

מוּסָךְ
moosach

אַמְבּוּלַנְס
amboolanse

אוֹפַנַּיִם
ofanayim

בּוֹר
chor

בֵּית קָפֶה
bet kafeh

מִדְרָכָה
midracha

חֲנוּת
chanoot

רַמְזוֹר
ramzor

אֲרֻבָּה
arooba

מַשָּׂאִית
masa'eet

מַעֲבַר חֲצָיָה
ma'avar chatzaya

מַדְרֵגוֹת
madregot

אִישׁ
eesh

הָרְחוֹב
harechov

בֵּית מָלוֹן
bet mallon

מְכוֹנִית מִשְׁטָרָה
m'chonit mishtara

מַכְבֵּשׁ
machbesh

מַקְדֵּחָה
makdecha

בֵּית סֵפֶר
bet seffer

מִגְרַשׁ מִשְׂחָקִים
migrash mischakkim

דִּירוֹת
deerot

פֶּסֶל
pessel

אוֹטוֹבּוּס
ottoboos

מוֹנִית
monneet

גְּרָר
grar

צִנּוֹרוֹת
tzinnorot

גַּג
gag

שׁוּק
shook

בֵּית חֲרֹשֶׁת
bet charoshet

אַנְטֶנָה
anttenna

מְכוֹנִית מִסְחָרִית
m'chonit mischarit

שׁוֹטֵר
shotter

מְכוֹנִית כִּבּוּי
mechonit kibbooi

בַּיִת
bayyit

אִשָׁה
isha

מַחְפֵּר
machper

כְּנֵסִיָּה
knessiya

קוֹלְנוֹעַ
kolno'ah

מְכוֹנִית
m'chonit

אוֹפַנוֹעַ
ofano'ah

נֶהָג
nehag

פָּנָס רְחוֹב
panas rechov

13

פְּסַנְתֵּר
p'santer

קְלָפִים
klaffim

בֵּית בֻּבּוֹת
bet boobot

חֲלִילִית
challeeleet

רוֹבּוֹט
robbot

מַפּוּחִית פֶּה
mapoochit peh

גֻּלּוֹת
goolot

תּוֹתָח
tottach

מַצְלֵמָה
matzlema

חֲרוּזִים
charoozim

מַשְׁרוֹקִית
mashrokit

רַקֶטָה
rakketa

קֻבִּיוֹת
koobiyot

בֻּבּוֹת
boobot

אַנְשֵׁי חָלָל
anshei challal

סוּס נַדְנֶדָה
soos nadnedda

עֲגוּרָן
agooran

מַכְבֵּשׁ
machbesh

מַחְבְּטִים
machbetim

קֻבִּיוֹת
koobiyot

גִּיטָרָה
qeetara

עֲרֶכֶת כֵּלִים
ma'arechet

14

חַכָּה
chakka

צְבָעִים
tzva'im

חֵמָר
chemar

מַצְנֵחַ
matznei'ach

מְכוֹנַת כְּתִיבָה
m'chonat ktiva

סִירָה
seera

מַטָּרָה
mattara

טַנְק
tank

חַיָּלֵי עוֹפֶרֶת
chayalay offeret

טִירָה
teerah

קֻפַּת חִסָּכוֹן
koopat chisachon

קֶשֶׁת וָחֵץ
keshet vachetz

רוֹבֶה
rovveh

צוֹלֶלֶת
tzollelet

תֻּפִּים
toopeem

כַּדּוּרִים
kadoorim

מַסֵּכוֹת
massechot

מְכוֹנִית מֵרוֹץ
מַצְצֵרָה

רַכֶּבֶת צַעֲצוּעַ

15

כַּדּוּר
kadoor

חוּט
choot

אַרְגַּז חוֹל
argaz chol

פִּיקְנִיק
peekneek

עֲפִיפוֹן
affifon

גְּלִידָה
gleeda

כֶּלֶב
kellev

נַדְנֵדוֹת
nadnedot

שַׁעַר
sha'ar

שְׁבִיל
shvil

רֹאשָׁנִים
roshannim

מַגְלֵשָׁה
maglesha

הַפַּרְק
ha'park

צְפַרְדֵּעַ
tzfardeyah

שִׂיחַ
see'ach

סְקֶטִים
skettim

יְלָדִים yelladim

קוֹרְקִינֶט
korkinet

16

בַּרְבּוּרִים
barboorim

תִּינוֹק
tinnok

אֲדָמָה
adamma

גָּדֵר
gadder

עֶגְלַת טִיּוּל
eglat tiyool

צִפֳּרִים
tzipporim

נַדְנֵדָה
nadnedda

פְּרָחִים
p'rachim

שְׁלוּלִית
shlooleet

בַּרְוָזוֹנִים
barvazonim

חֶבֶל קְפִיצָה
chevel kfitzah

סִירַת מִפְרָשׂ
seerat mifrass

עֵצִים
etzim

עֲרוּגַת פְּרָחִים
aroogat p'rachim

סַפְסָל
safsal

אֲגַם
aggam

רְצוּעָה לְכֶלֶב
retzoo'ah l'kelev

בַּרְוָז
barvaz

17

גַּן הַחַיּוֹת
gan hachayyot

פַּנְדָה
panda

עֲטַלֵּף
attalef

פִּינְגְוִין
pingvin

סוּס יְאוֹר
soos ye'or

רַגְלֵי חַיָּה
raglay chaya

כָּנָף
kannaf

קֶנְגּוּרוּ
kengooroo

עַיִט
ayit

נוֹצוֹת
notzot

קוֹף
kof

בַּת יַעֲנָה
bat ya'anna

זְאֵב
ze'ev

שַׂקְנַאי
saknai

גִּ'ירָף
jeeraf

גּוֹרִילָה
gorilla

דֹּב
dov

בּוֹנֶה
bonneh

אַרְיֵה
aryeh

גּוּרִים
goorim

תַּנִּין
tannin

18

קַרְנַיִם
karnayim

גָּמָל
gammal

כֶּלֶב יָם
kelev yam

אַיָּל
ayyal

דֹּב לָבָן
dov lavan

קוֹפֵי אָדָם
koffay addam

חֵדֶק
cheddek

זֶבְּרָה
zebra

פִּיל
pil

זָנָב
zannav

תְּאוֹ
t'oh

קַרְנַף
karnaf

כְּרִישׁ
karish

עֵז
ez

דּוֹלְפִין
dolfeen

נָמֵר
nammer

לִוְיָתָן
livyattan

טִיגְרִיס
tigris

19

תַּחֲנַת הָרַכֶּבֶת
tachannat harakkevet

פַּסֵּי רַכֶּבֶת
passey rakkevet

שׁוֹמֵר
shommer

קַטָּר
kattar

קוֹלְטֵי זַעֲזוּעִים
koltay za'azooim

קְרוֹן מִזְנוֹן
kron miznon

קְרוֹנוֹת
kronnot

נֶהַג הַקַּטָּר
nehag hakkattar

רַכֶּבֶת מַשָּׂא
rakkevet massa

רָצִיף
ratzif

אִתּוּת
eetoot

כַּרְטִיסָן
kartissan

הַמּוּסָךְ
ha'moosach

מִזְוָדוֹת
mizvadot

פָּנָסִים קִדְמִיִּים
pannasim kidmeeyim

מָנוֹעַ
mano'ah

אָסוּךְ
assooch

מַצְבֵּר
matzber

מְכָלִית דֶּלֶק
m'chalit dellek

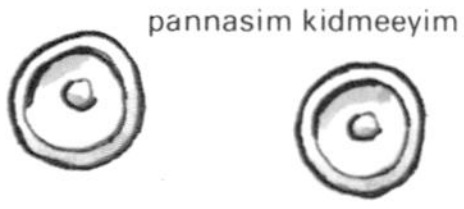

נְמַל הַתְּעוּפָה

n'mal hate'oofa

דַּיֶּלֶת

da'yellet

מַסּוֹק

massok

מַסְלוּל

masslool

מָטוֹס,

mattos,

מִגְדַּל פִּקּוּחַ

migdal pikoo'ach

טַיָּס

ta'yas

רְחִיצַת מְכוֹנִיּוֹת

r'chitzat m'choniyot

תָּא מִטְעָן

ta mittan

מַשְׁאֵבַת אֲוִיר

mashevat aveer

מַשְׁאֵבַת דֶּלֶק

mashevat dellek

גַּלְגַּל

galgal

מַפְתֵּחַ בְּרָגִים

mafte'ach b'raggim

צְמִיג

tzammig

מִכְסֵה מָנוֹעַ

michseh mano'ah

גּוֹרֵר

gorrer

שֶׁמֶן

shemmen

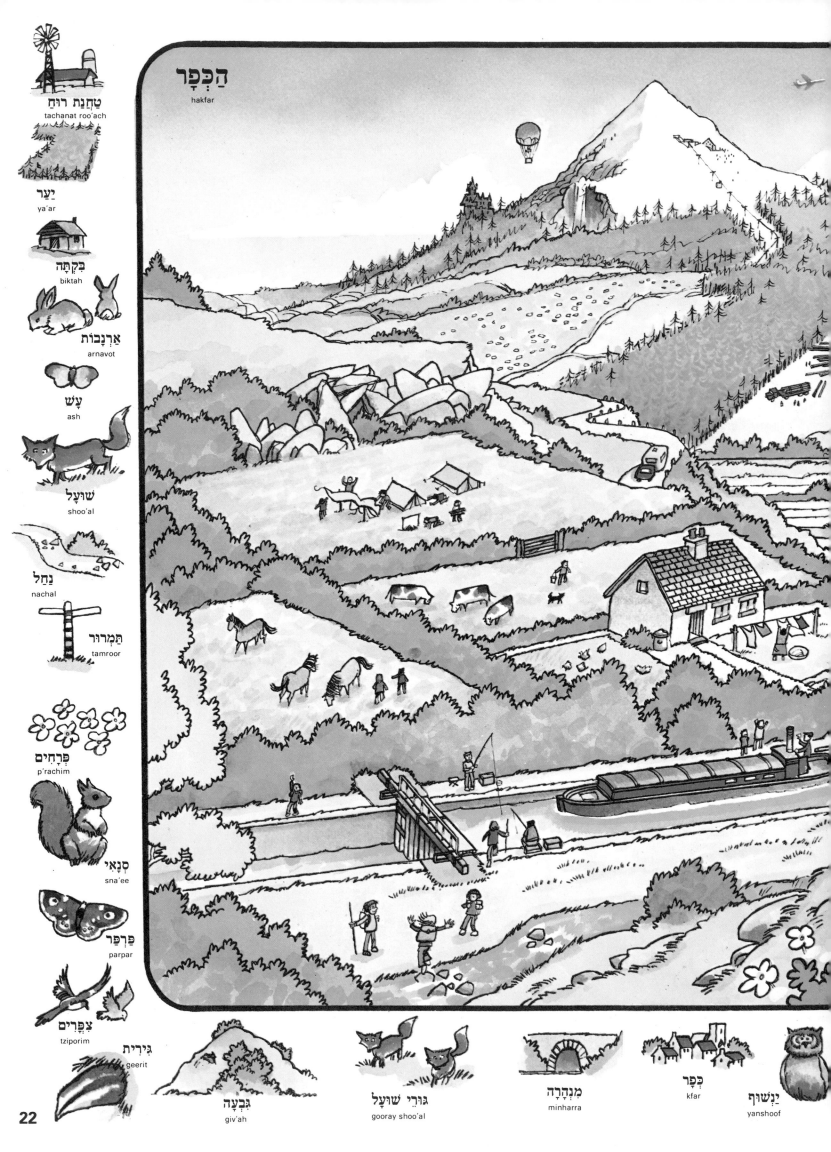

הַכְּפָר
hakfar

טַחֲנַת רוּחַ
tachanat roo'ach

יַעַר
ya'ar

בִּקְתָּה
biktah

אַרְנָבוֹת
arnavot

עָשׁ
ash

שׁוּעָל
shoo'al

נַחַל
nachal

תַּמְרוּר
tamroor

פְּרָחִים
p'rachim

סְנָאִי
sna'ee

פַּרְפַּר
parpar

צִפֳּרִים
tziporim

גִּירִית
geerit

גִּבְעָה
giv'ah

גּוּרֵי שׁוּעָל
gooray shoo'al

מִנְהָרָה
minharra

כְּפָר
kfar

יַנְשׁוּף
yanshoof

22

כַּדּוּר פּוֹרֵחַ
kadoor pore'ach

קָרָוָן
karavan

בּוּלֵי עֵץ
boolay etz

אֹהָלִים
ohalim

כְּבִישׁ
kvish

גֶּשֶׁר
gesher

אַרְבָּה
arba

מַפַּל מַיִם
mappal mayim

הַר
har

אֲבָנִים
avannim

חֲפַרְפֶּרֶת
chafarperret

רַכֶּבֶת
rakkevet

דֶּלֶת סֶכֶר
dellet secher

דַּיָּג
da'yag

סְלָעִים
sla'eem

תְּעָלָה
te'alla

נָהָר
nahar

23

הַמֶּשֶׁק

hammeshekk

בְּרֵכָה

breicha

כְּבָשִׂים

kvassim

עֲרֵמַת שַׁחַת

areimat shachat

בַּרְוָזִים

barvazim

גְּרָר

grar

טְלָיִים

t'layim

גָּדֵר

gadder

עֲלִיַּת גַּג

aliyat gag

חֲזִירִיָּה

chazirya

פָּר

par

בֹּץ

botz

חֲזִירוֹנִים

chazironim

אָסָם

assam

אוּרְוָה

oorva

אִכָּר

eekar

פּוֹנִי

ponnee

עֲגָלָה

aggala

טְרַקְטוֹר

tractor

אֻכָּף

ookaf

אַוָּזִים

avazim

חֲבִילוֹת קַשׁ

chavilot kash

שַׂקִּים

sakkim

מְכָלִית חָלָב
m'chaleet challav

מַטָּע
matta

לוּל
lool

רֶפֶת
reffet

פָּרָה
parràh

בַּרְוָזוֹנִים
barvazonim

תַּרְנְגוֹל
tarnegol

עֵגֶל
eggel

מַחֲרֵשָׁה
machresha

כֶּלֶב רוֹעִים
kelev ro'im

רוֹעֵה צֹאן
ro'eh tzon

תַּרְנְגוֹלֵי הֹדוּ
tarnegolei hodoo

דַּחְלִיל
dachleel

בֵּית הָאִכָּר
bet ha'eekar

תַּרְנְגוֹלוֹת
tarnegolot

אֶפְרוֹחִים
efrochim

חֲזִירִים
chazirim

סוּס
soos

אֲוָזוֹנִים
avazonim

שָׂדֶה
saddeh

שַׁחַת
shachat

דָּגָן
daggan

25

שְׂפַת הַיָּם
sfat ha'yam

סִירַת מִפְרָשׂ
seerat mifras

יָם
yam

מָשׁוֹט
mashot

מִגְדַּלּוֹר
migdallor

אֵת
et

דְּלִי
d'lee

כּוֹכַב יָם
kochav yam

אַרְמוֹן חוֹל
armon chol

שַׁחַף
shachaf

דֶּגֶל
deggel

סַרְטָן
sartan

מַלָּח
mallach

כּוֹבַע שֶׁמֶשׁ
kovva shemesh

מָצוֹף
matzoff

אִי
ee

נָמָל
nammal

כִּסֵּא נֹחַ
kisseh no'ach

סִירַת מָנוֹעַ
seerat manno'ah

גַּלְשָׁן מַיִם
galshan mayim

26

גַּלִּים
gallim

צֶדֶף
tzeddeff

צוּק
tzook

אֳנִיָּה
oniya

קָנוּ
kanoo

חַלּוּקֵי אֶבֶן
chalookay evven

כַּדּוּר
kadoor

סְלָעִים
sla'eem

סְנַפִּירִים
snappirim

אַצּוֹת
atzot

רֶשֶׁת
reshet

מָשׁוֹט
mashot

סִירַת דַּיִג
seerat da'yig

סוֹכֵךְ
sochech

חֲמוֹר
chammor

מְכָלִית נֶפְט
m'chalit neft

סִירַת מָשׁוֹט
seerat mashot

בֶּגֶד יָם
begged yam

חֶבֶל
chevvel

בְּבֵית הַסֵּפֶר

b'vet haseffer

אַקְוַרְיוּם
akvariyoom

תָּג
tag

תִּקְרָה
tikra

עֶפְרוֹנוֹת
efronnot

בָּנִים
bannim

לוּחַ קִיר
loo'ach keer

קִיר
keer

סַל נְיָרוֹת
sal n'yarrot

מִסְפָּרַיִם
misparayim

4+2 =
3-2 =

חֶשְׁבּוֹן
cheshbon

סַרְגֵל
sargel

שֻׁלְחַן כְּתִיבָה
shoolchan k'tiva

תַּצְלוּמִים
tatzloomim

צְבָעִים
tzva'im

נְיָר
n'yar

מִכְחוֹלִים
mich'chollim

פַּעֲמוֹן
pa'ammon

א ב ב ג ד ה ו ז ח ט י כ
כ ך ל מ ם נ ן ס ע פ פ ף
צ ץ ק ר ש ש ת

אָלֶפְבֵּית
alefbet

קוּפְסָאוֹת
koofsa'ot

סְפָרִים
sfarim

אבּבגדהוזחטיכּ
כךלמםנןסעפּפ
ףצץקרשׁשׂת

צִיּוּרִים
tziyoorim

עֵטִים
etteem

גִּיר
geer

כַּן צִיּוּר
kan tziyoor

רִצְפָּה
ritzpah

צְמָחִים tzmachim

בָּנוֹת
bannot

גְּלוֹבּוּס
globoos

דֶּבֶק
devvek

יָדִית
yaddit

פִּנְקָס
pinkkas

נְעָצִים
n'atzim

רִשּׁוּם
reeshoom

מַפָּה
mappa

צְבָעִים
tzva'im

מְנוֹרָה
menora

לוּחַ
loo'ach

תְּרִיס
triss

מַחַק machak

מוֹרָה
morrah

29

בְּבֵית הַחוֹלִים
b'vet hachollim

עֶגְלַת אַלּוּנְקָה
eglat aloonka

קַבַּיִם
kabayim

צֶמֶר גֶּפֶן
tzemmer geffen

דֻּבּוֹן
doobon

מַעֲלִית
ma'aleet

כּוֹס
koss

סָנִיטָר
sanittar

חָלוּק
chalook

גְּלוּלוֹת
g'loolot

אָחוֹת
achot

מַגָּשׁ
maggash

פְּרָחִים
p'rachim

וִילוֹן
veelon

קוֹמִיקְס
kommiks

מַדְחֹם
madchom

בֻּבָּה
booba

שְׁעוֹן יָד
sh'on yad

30

שִׁדָּה
sheeda

תְּרוּפָה
troofa

נַעֲלֵי בַּיִת
na'aley bayit

פִּיגָ׳מָה
peejama

מַזְרֵק
mazrek

מִיץ מְמֻתָּק
mitz m'mootak

כְּתֹנֶת לַיְלָה
k'tonet lyla

אָרוֹן
arron

טֶלֶוִיזְיָה
televizya

מִטָּה
meeta

גִּלָּיוֹן

גֶּבֶס
gevvess

תַּחְבּשֶׁת tachboshet

"פָּנָס" בָּעַיִן
pannas ba'ayyin

כִּסֵּא גַּלְגַּלִּים

פַּזֶל
pazzel

רוֹפֵא
roffeh

הַמְּסִבָּה

Ham'sibba

בַּלוֹנִים

ballonim

זִקּוּקִים

zikookim

כּוֹבָעֵי נְיָר

kova'ey n'yar

פּוּדִינְג

pooding

כְּרִיכִים

krichim

יָרֵחַ

yare'ach

סֻכָּרִיּוֹת

sookaryot

בִּיסְקְוִים

biskvitim

מַפַּת שֻׁלְחָן

mappat shoolchan

תַּקְלִיטִים

taklittim

עֻגָּה

ooga

שׁוֹקוֹלַד

shokkolad

לַחְמָנִיּוֹת מְתֻקּוֹת

lachmaniyot metookot

פַּנָּס

pannas

צַעֲצוּעִים
tza'atzoo'im

סֶרֶט
serret

נֵרוֹת
nerrot

קַשִׁיּוֹת
kashiyot

כּוֹכָבִים
cochavim

חֲבִילוֹת
chaveellot

פַּשְׁטִידָה
pashteeda

תַּחְפֹּשֶׂת
tachposset

מַתָּנוֹת
mattanot

חַלּוֹן
challon

גֶ'לִי
jellee

זִקּוּקִין דִי נוּר
zikookin dee noor

שַׁרְשְׁרוֹת נְיָר
sharsherrot n'yar

33

בַּנָנוֹת
bannanot

אֶשְׁכּוֹלִית
eshkoleet

חַסָּה
chassa

עֲנָבִים
annaveem

כְּרוּבִית
kroovit

תַּפּוּחִים
tapoochim

גְּזָרִים
g'zarrim

כְּרֵשָׁה
kresha

דְּלַעַת
d'la'at

מְלָפְפוֹן
melaffefon

לִימוֹנִים
leemonim

כַּרְפַּס
karpas

שְׁעוּעִית יְרֻקָּה
she'ooeet yerooka

דֻּבְדְּבָנִים
doovdevannim

מִשְׁמְשִׁים
mishmeshim

כְּרוּב
kroov

מֶלוֹן
mellon

הַחֲנוּת
hachanoot

גְּבִינָה

כָּשֵׁר

פֵּרוֹת

פֵּרוֹת

יְרָקוֹת

פִּטְרִיּוֹת
pitriyot

בְּצָלִים
betzalleem

עַגְבָנִיּוֹת
agvaniyot

אֲפַרְסְקִים
affarsekkim

אֲפוּנָה
affoona

אֲנָנָס
annanas

שְׁזִיפִים
shezeefeem

תַּפּוּחֵי אֲדָמָה
tapoochay addamma

פֶּטֶל
pettel

תֶּרֶד
terred

34

דָּג
מִצְרְכֵי מָזוֹן
לֶחֶם

קוּפְסָאוֹת שִׁמּוּרִים
koofsa'ot shimoorim

לֶחֶם
lechem

חֶמְאָה
chem'ah

גְּבִינָה
g'vinah

עוֹף
off

בֵּיצִים
beytzim

דָּג
dag

קֶמַח
kemmach

צִנְצָנוֹת
tzintzannot

בָּשָׂר
bassar

נַקְנִיקִיּוֹת
naknikiyot

יוֹגוּרְט
yogoort

סַל
sal

בַּקְבּוּקִים
bakbookim

כְּרוּב נִצָּנִים
kroov nitzanneem

תּוּת שָׂדֶה
toot saddeh

תַּפּוּזִים
tapoozeem

סַלֵּי קְנִיּוֹת
sallei kniyot

קֻפָּה
koopa

מֹאזְנַיִם
moznayim

כֶּסֶף
kessef

אַרְנָק
arnak

עֶגְלַת קְנִיּוֹת
eglat kniyot

תִּיק
teek

מָזוֹן
mazzon

אֲרוּחַת בֹּקֶר
aroochat bokker

אֲרוּחַת צָהֳרַיִם
aroochat tzohorayim

קָפֶה
kaffeh

עוֹף
off

רִבָּה
reeba

בֵּיצִיָּה
beytziya

חָלָב
challav

דְּבַשׁ
dvash

מַשְׁקֶה שׁוֹקוֹלַד חַם
mashkeh shokkolad cham

צְלָעוֹת
tzla'ot

שַׁמֶּנֶת
shammenet

בִּירָה
beera

בָּשָׂר
bassar

מֶלַח
mellach

פִּלְפֵּל
pilpel

אֲרוּחַת עֶרֶב
aroochat erev

תֵּה
tay

אֱגוֹזִים
egozzim

צְלִי בָּשָׂר
tzlee bassar

מִיץ פֵּרוֹת
mitz perrot

חֲבִיתָה
chaveeta

סָלָט
sallat

סֻכָּר
sookar

מָרָק
marrak

לַחְמָנִיּוֹת
lachmaniyot

גּוּלָשׁ
goolash

לְבִיבוֹת
levivot

אֹרֶז
orrez

יַיִן
yayin

סְפָּגֶטִי
spagettee

רֹטֶב
rottev

אֲנִי
annee

שֵׂעָר
se'ar

גַּבָּה
gabba

עַיִן
ayin

אַף
af

לֶחִי
lechee

פֶּה
peh

שְׂפָתַיִם
sfatayeem

שִׁנַּיִם
sheenayeem

לָשׁוֹן
lashon

סַנְטֵר
santer

צַוָּאר
tzavar

אָזְנַיִם
oznayeem

רֹאשׁ
rosh

פָּנִים
panneem

כְּתֵפַיִם
k'tefayeem

זְרוֹעוֹת
yadayeem

מַרְפֵּק
marpek

כַּפּוֹת יָדַיִם
kappot yadayeem

אֶצְבָּעוֹת
etzba'ot

אֲגוּדָלִים
agoodalleem

גַּב
gav

יַשְׁבָן
yashvan

חָזֶה
chazeh

בֶּטֶן
betten

בִּרְכַּיִם
beerkayeem

רַגְלַיִם
raglayeem

כַּפּוֹת רַגְלַיִם
kappot raglayeem

אֶצְבְּעוֹת הָרַגְלַיִם
etzbe'ot haraglayeem

עָקֵב
akkev

הַבְּגָדִים שֶׁלִּי
hab'gaddeem shellee

תַּחְתּוֹנִים
tachtonneem

גּוּפִיָּה
goofiya

מִכְנָסַיִם
michnasayeem

מִכְנְסֵי ג'ינס
michnesey jeens

חוּלְצַת טְרִיקוֹ
chooltzat treeko

חֲצָאִית
chatza'eet

חוּלְצָה
chooltsa

עֲנִיבָה
aneeva

מִכְנָסַיִם קְצָרִים
michnasayeem k'tsareem

גַּרְבַּיִם
garbayeem

סְוֶדֶר גּוֹלְף
svedder golf

סְוֶדֶר וִי
svedder vee

סְוֶדֶר
svedder

גַּרְבּוֹנִים
garbonneem

חוּלְצָה
chooltsa

שִׂמְלָה
seemla

נַעֲלֵי הִתְעַמְּלוּת
na'aley hitamloot

נַעֲלַיִם
na'alayeem

סַנְדָּלִים
sandalleem

מַגָּפַיִם
magafayeem

כְּפָפוֹת
k'ffafot

זַ'קֶט
jaket

מְעִיל רוּחַ
m'eel roo'ach

מְעִיל
m'eel

מִמְחָטָה
mimchatta

כּוֹבַע מִצְחִיָּה
kovva mitzchiya

כּוֹבַע
kovva

חֲגוֹרָה
chagora

כַּפְתּוֹרִים
kaftorrim

לוּלָאוֹת
loola'ot

כִּיסִים
keesseem

רוֹכְסָן
roochsan

אַבְזָם
avzam

שְׂרוֹכִים
srocheem

צְעִיף
tze'if

אֲנָשִׁים
annasheem

שַׂחְקָן
sachkan

טַבָּח
tabbach

רַקְדָנִית
rakdaneet

נַגָּר
naggar

אִישׁ צְפַרְדֵּעַ
eesh tzfardeya

טַיָּס חָלָל
tayas challal

מְנַצֵּחַ
menatzeyach

לֵיצָן
leytzan

חַיָּל
chayal

שׁוֹטֵר
shotter

אִכָּר
eekar

זַמֶּרֶת
zammeret

חֶנְוָנִי
chenvannee

נֶהַג מְרוֹצִים
nehag merotseem

מְכוֹנַאי
mechonai

אָמָּן
omman

40

קַצָּב
katsav

כַּבַּאי
kabbai

דַוָּר
davvar

צוֹלְלָן
tzollelan

צַבָּע
tzabba

נֶהָג קַטָּר
nehag kattar

מְטַפֵּס הָרִים
mettapess hareem

רוֹפֵא שִׁנַּיִם
roffeh shinayim

טַיָּס
tayas

שׁוֹפֵט
shoffet

עוֹבֵד גַּן־חַיּוֹת
oved gan-chayot

אוֹפֶה
offeh

מִשְׁפָּחוֹת mishpachot

אַבָּא	אִמָּא	בַּת	בֵּן	דּוֹדָה	דּוֹד	בֶּן־דּוֹד	סַבְתָּא	סַבָּא
abba	eema	bat	ben	dodda	dod	ben-dod	savta	sabba
בַּעַל	אִשָּׁה	אָחוֹת	אָח					
ba'al	eesha	achot	ach					

עֲשִׂיַּת דְּבָרִים

assiyat dvareem

לְחַיֵּךְ

lechayech

לָשֵׂאת

la'set

לְהִתְרַחֵץ בָּאַמְבַּטְיָה

lehitrachets ba'ambatya

לִכְתֹּב

lichtov

לַחְשֹׁב

lachshov

לִזְחֹל

lizchol

לִבְנוֹת

livnot

לְצַיֵּר

letzayer

לַחְטֹב

lachtov

לְהַקְשִׁיב

lehaksheev

לַחְתֹּךְ

lachtoch

לִשְׁבֹּר

lishbor

לִקְרֹא

likro

לְנַקּוֹת

lenakkot

לִפּוֹל

lippol

לִרְחוֹץ

lirchots

לְהִתְחַבֵּא

lehitchabeh

לִבְכּוֹת

livkot

לִשְׁתּוֹת

lishtot

לְטַאְטֵא

l'tatteh

לִצְחֹק

litzchok

לִרְקֹד

lirkod

לִתְפֹּס

litposs

לִסְרֹג

lisrog

לָשֶׁבֶת

lashevet

לִנְשֹׁף
linshoff

לְטַפֵּס
letapess

לְשַׂחֵק
lesachek

לְבַשֵּׁל
levashel

לְהִתְקוֹטֵט
lehitkottet

לִישֹׁן
lishon

לַקְפֹּץ עַל חֶבֶל
likpotz al chevvel

לִקְטֹף
liktoff

לַחֲכּוֹת
lechakkot

לְהִסְתַּכֵּל
lehistakkel

לִזְרֹק
lizrok

לְשׂוֹחֵחַ
lesocheyach

לִמְשֹׁךְ
limshoch

לָקַחַת
lakkachat

לֶאֱכֹל
le'echol

לִתְפֹּר
litpor

לָשִׁיר
lasheer

לְנַצֵּחַ
lenatzeyach

לָרוּץ
laroots

לִקְפֹּץ
likpots

לַחְפֹּר
lachpor

לַעֲשׂוֹת
la'asot

לַעֲמֹד
la'ammod

לִקְנוֹת
liknot

לָלֶכֶת
lallechet

לִדְחֹף
lidchoff

43

הֲפָכִים
haffacheem

טוֹב
tov

רַע
rah

קָטָן
kattan

גָּדוֹל
gaddol

שָׁמֵן
shammen

רָזֶה
razeh

חֲצִי
chatsee

שָׁלֵם
shallem

קַר
kar

חַם
cham

עֶלְיוֹן
elyon

תַּחְתּוֹן
tachton

רַךְ
rach

קָשֶׁה
kasheh

רִאשׁוֹן
rishon

אַחֲרוֹן
acharron

רָחוֹק
rachok

מְעַטִּים
m'ateem

רַבִּים
rabbeem

קָרוֹב
karrov

רֵיק
reyk

מָלֵא
malleh

שְׂמֹאל
smol

גָּבֹהַּ
gavoha

נָמוּךְ
namooch

מְלֻכְלָךְ
m'loochlach

נָקִי
nakkee

44

אִטִי
eetee

מָהִיר
maheer

קַל
kal

קָשֶׁה
kasheh

אָרוֹךְ
arroch

קָצָר
katzar

לְמַעְלָה
lemalla

לְמַטָּה
lematta

טָעִים
ta'eem

אָיוֹם
ayom

מֵעַל
me'al

מִתַּחַת
mitachat

חָזִית
chazzit

אָחוֹר
achor

רָטֹב
rattov

יָבֵשׁ
yavesh

חַי
chai

מֵת
met

חָשׁוּךְ
chashooch

מוּאָר
moo'ar

פָּתוּחַ
patoo'ach

סָגוּר
sagoor

יָמִין
yammin

יָשָׁן
yashan

חָדָשׁ
chaddash

בַּחוּץ
bachoots

בִּפְנִים
bifnim

מִלִּים מִסִּפּוּרֵי יְלָדִים

meelleem meeseepooray yelladeem

טִירָה
teera

דְּרָקוֹן
drakkon

אַבִּיר
ahbeer

עֲנָק
annak

מַטְאֲטֵא
mattateh

מְכַשֵּׁפָה
mechashefa

תּוֹתָח
tottach

שׁוֹדֵד יָם
shodded yam

מַטְמוֹן
matmon

מַטֵּה קְסָמִים
matteh k'sammeem

בְּאֵר מִשְׁאָלוֹת
b'er mishallot

פֵיָה
feya

פִּטְרִיָּה אַרְסִית
peetreeya arsit

נַנָּס יַעַר
nannas ya'ar

גַּמָּד
gammad

קוֹסֵם
kossem

מִדְבָּר
meedbar

שׁוֹדֵד
shodded

אִינְדִּיָאנִי
indianee

שֶׁרִיף
sherreef

בּוֹקֵר
bokker

כִּרְכָּרָה
kirkarra

שֵׁד
shed

כֶּתֶר
ketter

נַעַר שֵׁרוּתִים
na'ar sherooteem

נְסִיכָה
nesicha

נָסִיךְ
naseech

חֶרֶב
cherrev

מַלְכָּה
malka

מֶלֶךְ
mellech

אַרְמוֹן
armon

מַלְאָךְ
mallach

דִינוֹסָאוּרוּס
dinosaooroos

בֵּית סֹהַר
bet sohar

אַיָּל בֵּיתִי
ayal bettee

מִזְחֶלֶת
mizchellet

סַנְטָה קְלָאוּס
santa claus

מְכַשֵּׁף
mechashef

רוּחַ רְפָאִים
roo'ach refa'eem

חָתָן
chattan

כַּלָּה
kalla

שׁוֹשְׁבִינוֹת
shoshvinot

מִפְלֶצֶת
mifletzet

47

חַיּוֹת שַׁעֲשׁוּעִים
chayot sha'ashooim

חָתוּל
chatool

כֶּלֶב
kellev

אַרְנָבוֹת
arnavot

דְּגֵי זָהָב
d'gay zahav

לְטָאוֹת
leta'ot

צְפַרְדְּעִים
tzfarde'im

קִפּוֹד
kippod

תֻּכִּי
tookee

תּוֹלְעֵי מֶשִׁי
tola'ei meshee

תֻּכּוֹנִים
tookoneem

אוֹגֵר
ogger

קַרְפָּדוֹת
karpaddot

יוֹנִים
yonnim

כְּלַבְלַבִּים
klavlavvim

נְחָשִׁים
nechashim

חֲתַלְתּוּלִים
chattaltoolim

עַכְבָּרִים
achbarrim

צַבִּים
tzabbim

48

מֶזֶג הָאֲוִיר

mezeg ha'aveer

עֲנָנִים

annaneem

עֲרָפֶל

arrafel

גֶּשֶׁם

geshem

כְּפוֹר

kfor

שֶׁלֶג

shelleg

שֶׁמֶשׁ

shemesh

קֶשֶׁת בְּעָנָן

keshet b'annan

בָּרָק

barrak

טַל

tal

רוּחַ

roo'ach

עַרְפִלִּים

arfillim

עונות הַשָּׁנָה

onnot hashanna

אָבִיב

aviv

קַיִץ

kayyitz

סְתָו

stav

חֹרֶף

choref

49

סְפּוֹרְט
sport

אִגְרוּף
eegroof

מֵרוֹצֵי אוֹפַנַּיִם
merotzey offnayim

כַּדּוּר בָּסִיס
kadoor bassis

שְׂחִיָּה
s'chiya

כַּדּוּרֶגֶל
kadooreggel

הִתְעַמְּלוּת
hitamloot

קְפִיצָה לַגֹּבַהּ
k'fitza lagova

גְלִישָׁה
gleesha

מֵרוֹצֵי מְכוֹנִיּוֹת
merotzey m'chonniyot

טֶנִיס
tennis

מֵרוֹצֵי סוּסִים
merotzey soossim

הַחְלָקָה
hachlakka

קְלִיעָה

kli'ah

קְרִיקֶט

kreeket

הֲרָמַת מִשְׁקָלוֹת

harramat mishkallot

קְפִיצוֹת רַאֲוָה

kfeetzot ra'ava

מֵרוֹצֵי אוֹפַנּוֹעִים

merotzey ofano'im

רְכִיבָה

recheeva

שַׁיִט מִפְרָשִׂיּוֹת

she't mifrasiyot

טֶנִיס שֻׁלְחָן

tennis shoolchan

חֲתִירָה

chateera

הֵאָבְקוּת

he'avkoot

כַּדּוּר סַל

kaddoor sal

גּ׳וּדוֹ

joodo

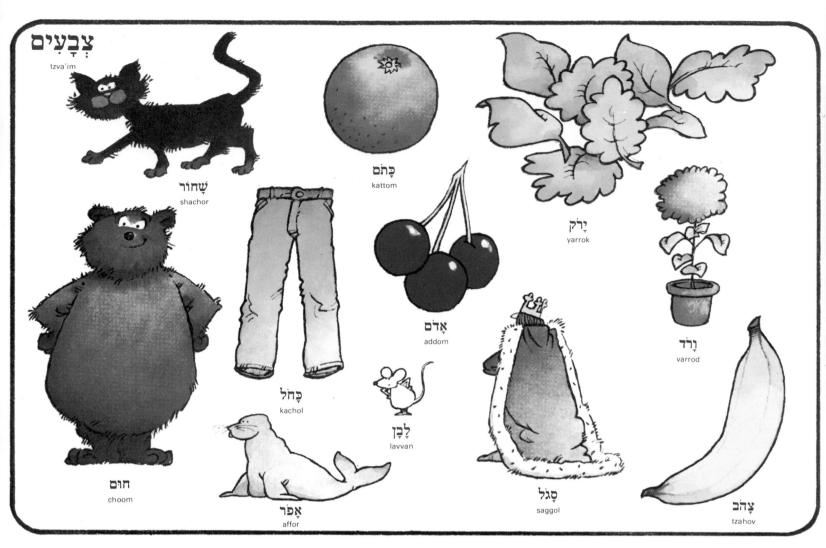

צְבָעִים
tzva'im

שָׁחוֹר
shachor
כָּתֹם
kattom
יָרֹק
yarrok
חוּם
choom
כָּחֹל
kachol
אָדֹם
addom
וָרֹד
varrod
לָבָן
lavvan
סָגֹל
saggol
אָפֹר
affor
צָהֹב
tzahov

צוּרוֹת
tzoorot

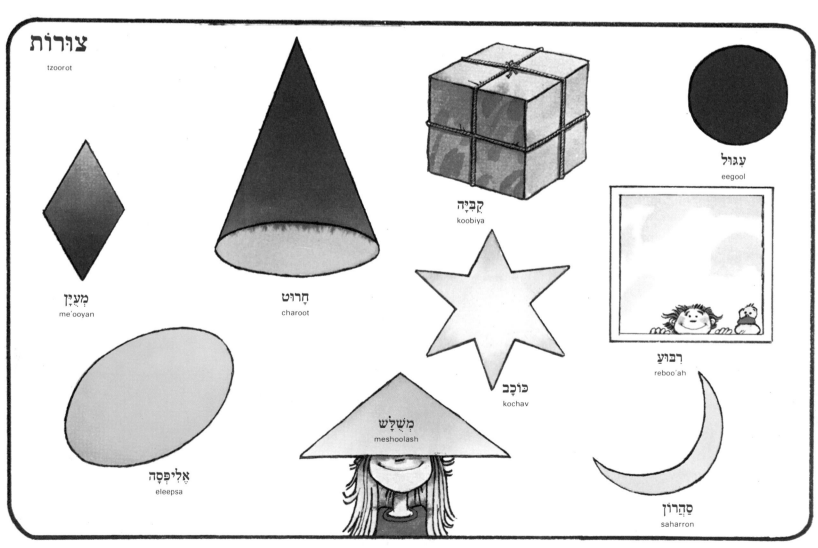

עִגּוּל
eegool
קֻבִּיָּה
koobiya
מְעֻיָּן
me'ooyan
חָרוּט
charoot
כּוֹכָב
kochav
רִבּוּעַ
reboo'ah
מְשֻׁלָּשׁ
meshoolash
אֱלִיפְּסָה
eleepsa
סַהֲרוֹן
saharron

מִסְפָּרִים

meesparreem

1	אֶחָד (m) echad	אַחַת (f) achat	
2	שְׁנַיִם (m) shnayim	שְׁתַּיִם (f) shtayim	
3	שְׁלֹשָׁה (m) shlosha	שָׁלֹשׁ (f) shalosh	
4	אַרְבָּעָה (m) arba'ah	אַרְבַּע (f) arba	
5	חֲמִשָּׁה (m) chamisha	חָמֵשׁ (f) chamesh	
6	שִׁשָּׁה (m) shisha	שֵׁשׁ (f) shesh	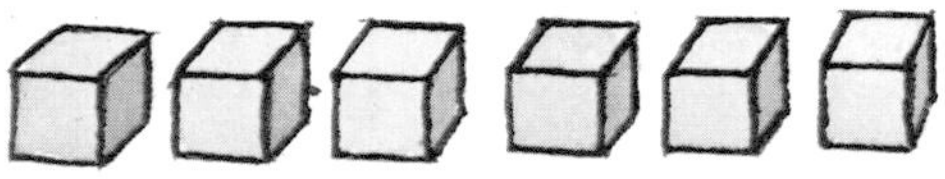
7	שִׁבְעָה (m) shiv'ah	שֶׁבַע (f) sheva	
8	שְׁמוֹנָה (m) shmona	שְׁמוֹנֶה (f) shmoneh	
9	תִּשְׁעָה (m) tish'ah	תֵּשַׁע (f) tesha	
10	עֲשָׂרָה (m) assara	עֶשֶׂר (f) esser	
11	אַחַד עָשָׂר (m) achad assar / אַחַת עֶשְׂרֵה (f) achat essrey		
12	שְׁנֵים עָשָׂר (m) shne'm assar / שְׁתֵּים עֶשְׂרֵה (f) shte'm essrey		
13	שְׁלֹשָׁה עָשָׂר (m) shlosha assar / שְׁלֹשׁ עֶשְׂרֵה (f) shlosh essrey		
14	אַרְבָּעָה עָשָׂר (m) arba'ah assar / אַרְבַּע עֶשְׂרֵה (f) arba essrey		
15	חֲמִשָּׁה עָשָׂר (m) chamisha assar / חֲמֵשׁ עֶשְׂרֵה (f) chamesh essrey		
16	שִׁשָּׁה עָשָׂר (m) shisha assar / שֵׁשׁ עֶשְׂרֵה (f) shesh essrey		
17	שִׁבְעָה עָשָׂר (m) shiv'ah assar / שְׁבַע עֶשְׂרֵה (f) shva essrey		
18	שְׁמוֹנָה עָשָׂר (m) shmona assar / שְׁמוֹנֶה עֶשְׂרֵה (f) shmoneh essrey		
19	תִּשְׁעָה עָשָׂר (m) tish'ah assar / תְּשַׁע עֶשְׂרֵה (f) tsha essrey		
20	עֶשְׂרִים (m) essrim / עֶשְׂרִים (f) essrim		

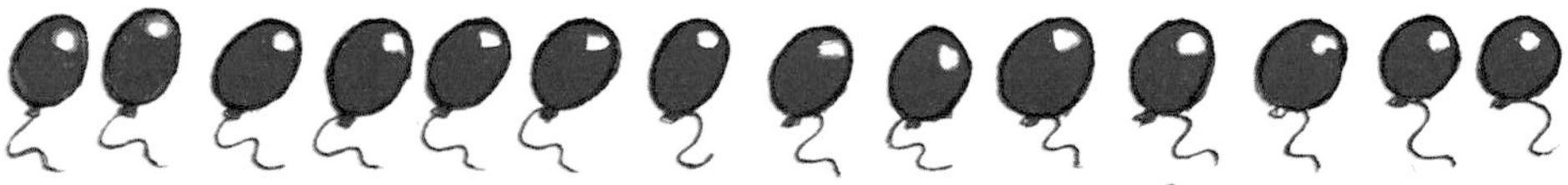

53

הַלּוּנָה פַּרְק

haloona park

קָרוּסֶלָּה

karoossella

מַחְצֶלֶת

machtzellet

מִגְדַּל שַׁעֲשׁוּעִים

migdal sh'ashoo'im

גַּלְגַּל עֲנָק

galgal annak

מְכוֹנִיּוֹת שַׁעֲשׁוּעִים

mechoniyot sha'ashooim

רַכֶּבֶת בַּלָּהוֹת

rakkevet ballahot

מִשְׂחֲקֵי חִשּׁוּקִים

mischakey cheeshookim

פּוֹפּ קוֹרְן

pop korn

"צֶמֶר גֶּפֶן"

'tzemmer geffen'

רַכֶּבֶת שֵׁדִים

rakkevet sheddim

קְלִיעָה לְמַטָּרָה

kli'ah lemmatara

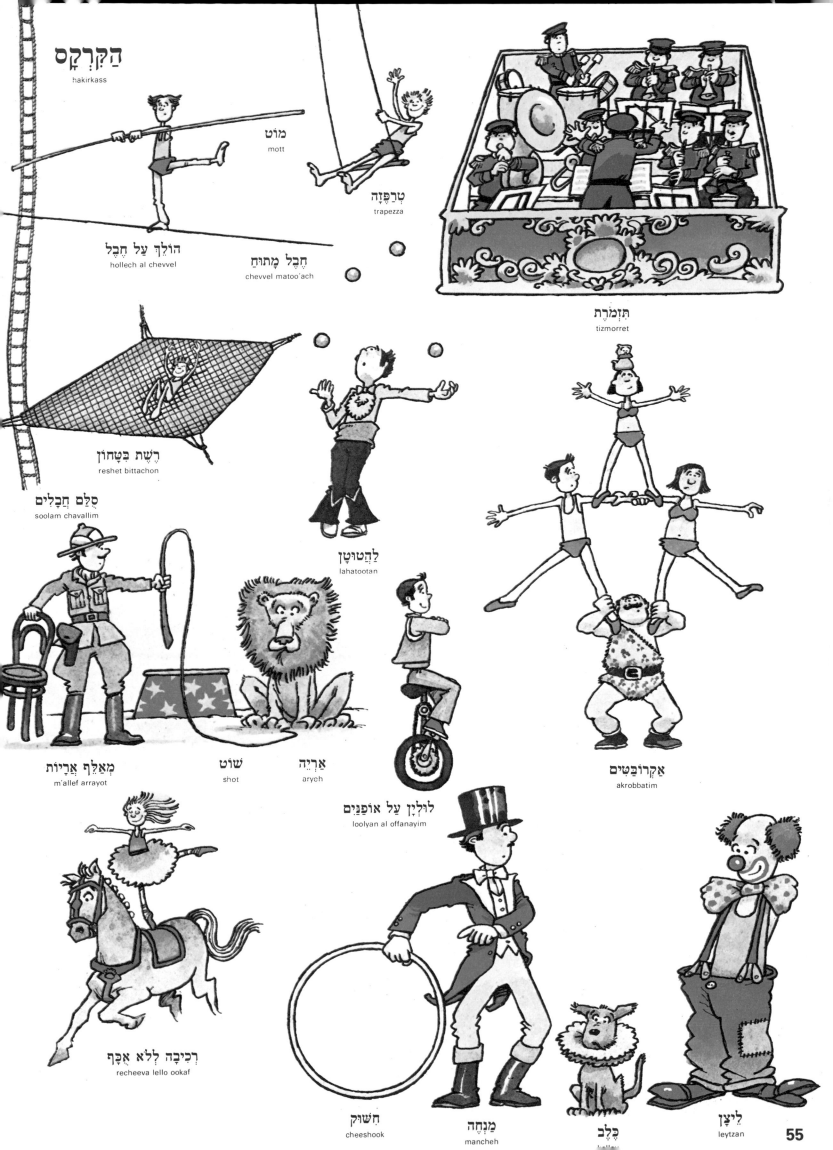

הַקִּרְקָס
hakirkass

מוֹט
mott

טְרַפֶּזָה
trapezza

הוֹלֵךְ עַל חֶבֶל
hollech al chevvel

חֶבֶל מָתוּחַ
chevvel matoo'ach

תִּזְמֹרֶת
tizmorret

רֶשֶׁת בִּטָּחוֹן
reshet bittachon

לְהַטּוּטָן
lahatootan

סֻלָּם חֲבָלִים
soolam chavallim

מְאַלֵּף אֲרָיוֹת
m'allef arrayot

שׁוֹט
shot

אַרְיֵה
arych

לוֹלְיָן עַל אוֹפַנַּיִם
loolyan al offanayim

אַקְרוֹבָּטִים
akrobbatim

רְכִיבָה לְלֹא אֻכָּף
recheeva lello ookaf

חִשּׁוּק
cheeshook

מְנַחֶה
mancheh

כֶּלֶב

לֵיצָן
leytzan

55

Saying the words

On this page is the Hebrew alphabet, with the equivalent sounds in English. But some Hebrew sounds are quite different from any sounds in English. To say them correctly, you have to listen to an Israeli person speaking before you can pronounce them.

Below is the start of the alphabetical list of all the words in the pictures in this book. The English word comes first, then the Hebrew word in the Hebrew alphabet (remember to read it from right to left), followed by its equivalent in the Roman alphabet to help you say the word.

א	A	as in Apple
בּ	B	as in Bed
ב	V	as in Van
ג	G	as in Goat
ד	D	as in Dog
ה	H	as in House
ו	V	as in Van
ז	Z	as in Zoo
ח	Ch	as in Loch
ט	T	as in Tree
י	Y	as in Yellow
כּ	K	as in King
כ	Ch	as in Loch
ל	L	as in Lemon
מ	M	as in Mouse
נ	N	as in Nile
ס	S	as in Sun
ע	A	as in Apple
פּ	P	as in Pig
פ	F	as in Frog
צ	Tz	as in Tzar
ק	K	as in King
ר	R	as in Rose
שׁ	Sh	as in Ship
שׂ	S	as in Sun
ת	T	as in Toy

Vowels

טָ	'u'	as in tunnel
טַ		
טֲ		
טֶ	'e'	as in ten
טֱ		
טֵ	'a'	as in tape
טֹ	'o'	as in top
טוֹ		
טוּ	'oo'	as in too
טֻ		
טִי	'ee'	as in bee
טִ		

Index Words in the pictures

bedroom	חֲדַר שֵׁנָה	*chaddar shena*
bee	דְּבוֹרָה	*dvora*
beehive	כַּוֶּרֶת	*kavveret*
beer	בִּירָה	*beera*
bell	פַּעֲמוֹן	*pa'amon*
belt	חֲגוֹרָה	*chagoora*
bench (park)	סַפְסָל	*safsal*
bench (work)	שֻׁלְחַן עֲבוֹדָה	*shoolchan avoda*
bicycle	אוֹפַנַּיִם	*offanayim*
big	גָּדוֹל	*gaddol*
big dipper	רַכֶּבֶת בֶּהָלוֹת	*rakkevet balahot*
big wheel	גַּלְגַּל עֲנָק	*galgal annak*
birds	צִפֳּרִים	*tzeeporim*
birds' nest	קֵן צִפֳּרִים	*kan tzeeporim*
biscuit	בִּיסְקְוִיט	*biskvit*
black	שָׁחוֹר	*shachor*
blackboard	לוּחַ	*loo'ach*
black eye	"פַּנָס" בָּעַיִן	*pannas ba'ayyin*
blind (window)	תְּרִיס	*trees*
block	קֻבִּיָּה	*koobiya*
blouse	חֻלְצָה	*chooltza*
blow, to	לִנְשׁוֹף	*linshof*
blue	כָּחֹל	*kachol*
boat	סִירָה	*seera*
body words	מִלּוֹת גּוּף	*millot goof*
bolt	בֹּרֶג גָּדוֹל	*borreg gaddol*
bone	עֶצֶם	*etzem*
bonfire	מְדוּרָה	*medoora*
bonnet (of car)	מִכְסֵה מָנוֹעַ	*michseh mano'ah*
book	סֵפֶר	*seffer*
bookcase	כּוֹנָנִית	*konnaneet*
boots (for feet)	מַגָּפַיִם	*magafayim*
boot (of car)	תָּא מִטְעָן	*ta mit'an*
bottle	בַּקְבּוּק	*bakbook*
bottom (of body)	יַשְׁבָן	*yashvan*
bottom (drawer)	תַּחְתּוֹן	*tachton*
bow	קֶשֶׁת	*keshet*
bowl	קְעָרָה	*ke'arah*
boxes	קֻפְסָאוֹת	*koofsa'ot*
boxing	אִגְרוּף	*eegrooff*
boy	יֶלֶד, בֵּן	*yelled, ben*
bread	לֶחֶם	*lechem*
break, to	לִשְׁבֹּר	*lishbor*
breakdown lorry	גּוֹרֵר	*gorrer*
breakfast	אֲרוּחַת בֹּקֶר	*arroochat bokker*
bricks	לְבֵנִים	*l'venim*
bride	כַּלָּה	*kalla*
bridegroom	חָתָן	*chattan*
bridesmaids	שׁוֹשְׁבִינוֹת	*shoshveenot*
bridge	גֶּשֶׁר	*gesher*
broom	מְטַאטֵא	*mattateh*
broomstick	מְטַאטֵא	*mattateh*
brother	אָח	*ach*
brown	חוּם	*choom*
brush (painter's)	מִבְרֶשֶׁת	*mivreshet*
brush (artist's)	מִכְחוֹל	*mich'chol*
bubbles	בּוּעוֹת	*boo'ot*
bucket	דְּלִי	*d'li*
buckle	אַבְזָם	*avzam*
budgerigars	תֻּכּוֹנִים	*tookoneem*
buffalo	תְּאוֹ	*t'oh*
buffers (train)	קוֹלְטֵי זַעֲזוּעִים	*koltey za'azooim*
buffet car	קְרוֹן מִזְנוֹן	*kron miznon*
build, to	לִבְנוֹת	*livnot*
bulb (light)	נוּרָה	*noora*
bull	פַּר	*par*
bun	לַחְמָנִיָּה מְתוּקָה	*lachmaniya metooka*
buoy	מָצוֹף	*matzoff*
bus	אוֹטוֹבּוּס	*ottoboos*
bush	שִׂיחַ	*see'ach*
butcher	קַצָּב	*katzav*

butter	חֶמְאָה	*chem'ah*
butterfly	פַּרְפַּר	*parpar*
button	כַּפְתּוֹר	*kaftor*
button hole	לוּלָאָה	*loola'ah*
buy, to	לִקְנוֹת	*liknot*
cabbage	כְּרוּב	*kroov*
café	בֵּית קָפֶה	*bet kaffeh*
cake	עוּגָה	*ooga*
calendar	לוּחַ קִיר	*loo'ach keer*
calf	עֵגֶל	*eggel*
camel	גָּמָל	*gammal*
camera	מַצְלֵמָה	*matzle'ma*
canal	תְּעָלָה	*t'ala*
candle	נֵר	*ner*
candy floss	"צֶמֶר גֶּפֶן"	*"tzemmer geffen"*
cannon	תּוֹתָח	*tottach*
canoe	קָנוּ	*kanoo*
cap	כּוֹבַע מִצְחִיָּה	*kovva matzchiya*
car	מְכוֹנִית	*mechoneet*
car wash	רְחִיצַת מְכוֹנִיּוֹת	*recheetzat mechonniyot*
caravan	קָרָוָן	*karavan*
cards	קְלָפִים	*klaffeem*
cardigan	סְוֶדֶר	*svedder*
carpenter	נַגָּר	*naggar*
carpet	שָׁטִיחַ	*shat'eeach*
carriage	קָרוֹן	*kahron*
carrot	גֶּזֶר	*gezzer*
carry, to	לָשֵׂאת	*lasset*
cart	עֲגָלָה	*aggala*
cash desk	קֻפָּה	*koopa*
castle	טִירָה	*teera*
cat	חָתוּל	*chatqol*
catch, to	לִתְפֹּס	*litposs*
caterpillar	זַחַל	*zach'al*
cauliflower	כְּרוּבִית	*krooveet*
ceiling	תִּקְרָה	*tikra*
celery	כַּרְפַּס	*karpas*
chair	כִּסֵּא	*kisseh*
chalk	גִּיר	*geer*
chart	גִּלָּיוֹן	*gilayon*
cheek	לֶחִי	*lechi*
cheese	גְּבִינָה	*g'veena*
chef	טַבָּח	*tabbach*
cherry	דֻּבְדְּבָן	*doovdevan*
chest (body)	חָזֶה	*chazzeh*
chest-of-drawers	שִׁדָּה	*sheeda*
chick	אֶפְרוֹחַ	*effro'ach*
chicken	עוֹף,	*off*
children	יְלָדִים	*yelladdim*
chimney	אֲרֻבָּה	*arooba*
chin	סַנְטֵר	*santer*
chocolate	שׁוֹקוֹלָד	*shokolad*
chop, to, (wood)	לַחְטֹב	*lachtov*
chops (meat)	צְלָעוֹת	*tzla'ot*
church	כְּנֵסִיָּה	*knessiya*
cinema	קוֹלְנוֹעַ	*kolno'a*
circle	עִגּוּל	*eegool*
circus	קִרְקָס	*keerkuss*
clay	חֹמֶר	*chemmar*
clean	נָקִי	*nakkee*
clean, to	לְנַקּוֹת	*lenakkot*
cliff	צוּק	*tzook*
climb, to	לְטַפֵּס	*letappess*
clock	שָׁעוֹן	*sha'on*
closed	סָגוּר	*sagoor*
clothes	בְּגָדִים	*b'gaddim*
clouds	עֲנָנִים	*annaneem*
clown	לֵיצָן	*letzan*
coat	מְעִיל	*me'eel*
cobweb	קוּרֵי עַכָּבִישׁ	*koorey akkavish*

cock	תַּרְנְגוֹל	*tarnegol*
coffee	קָפֶה	*kaffeh*
cold	קַר	*kar*
colours	צְבָעִים	*tzva'eem*
comb	מַסְרֵק	*massrek*
comic	קוֹמִיקְס	*komeeks*
conductor	מְנַצֵּחַ	*menatze'ach*
cone	חָרוּט	*charoot*
control tower	מִגְדַּל פִּקּוּחַ	*migdal pikoo'ach*
cook, to	לְבַשֵּׁל	*levashel*
cooker	תַּנּוּר בִּשּׁוּל	*tanoor bishool*
corn	דָּגָן	*daggan*
costume	תַּחְפֹּשֶׂת	*tachposset*
cotton wool	צֶמֶר גֶּפֶן	*tzemmer geffen*
country	כְּפָר	*kfar*
cousin	בֶּן דּוֹד	*ben-dod*
cow	פָּרָה	*parrah*
cowboy	בּוֹקֵר	*bokker*
cowshed	רֶפֶת	*reffet*
crab	סַרְטָן	*sartan*
crane	עֲגוּרָן	*agooran*
crawl, to	לִזְחֹל	*lizchol*
crayon	צֶבַע	*tzeva*
cream	שַׁמֶּנֶת	*shammenet*
crescent	סַהֲרוֹן	*saharon*
cricket (sport)	קְרִיקֶט	*kreeket*
crocodile	תַּנִּין	*tanneen*
crossing (road)	מַעֲבָר חֲצָיָה	*ma'avar chatzaya*
crown	כֶּתֶר	*ketter*
crutches	קַבַּיִם	*kabbayim*
cry, to	לִבְכּוֹת	*livkot*
cub, fox	גּוּר שׁוּעָל	*goor shoo'al*
cub, lion	גּוּר אַרְיֵה	*goor aryeh*
cube	קֻבִּיָּה	*koobiya*
cucumber	מְלָפְפוֹן	*melaffefon*
cup	סֵפֶל	*seffel*
cupboard	אָרוֹן	*arron*
cushion	כָּרִית	*kareet*
curtain	וִילוֹן	*veelon*
cut, to	לַחְתֹּךְ	*lachtoch*
cycle racing	מְרוּצֵי אוֹפַנַּיִם	*merootzey offanayim*
dance, to	לִרְקֹד	*lirkod*
dancer	רַקְדָנִית	*rakdannit*
dark	חָשׁוּךְ	*chashooch*
daughter	בַּת	*bat*
dead	מֵת	*met*
deck chair	כִּסֵּא נֹחַ	*keeseh no'ach*
deep-sea diver	צוֹלְלָן	*tzolelan*
deer	אַיָּל	*ayyal*
demon	שֵׁד	*shed*
dentist	רוֹפֵא שִׁנַּיִם	*roffeh sheenayim*
desert	מִדְבָּר	*midbar*
desk	שֻׁלְחַן כְּתִיבָה	*shoolchan k'tiva*
dew	טַל	*tal*
diamond	יַהֲלוֹם	*yahalom*
dice	קֻבִּיָּה	*koobiya*
difficult	קָשֶׁה	*ka'sheh*
digger	מַחְפֵּר	*machper*
dig, to	לַחְפֹּר	*lachpor*
dinner	אֲרוּחַת צָהֳרַיִם, אֲרוּחַת עֶרֶב	*aroochat tzohorayim*, *arroochat erev*
dinosaur	דִּינוֹזַאוּרוּס	*dinosooroos*
dirty	מְלֻכְלָךְ	*meloochlach*
diver	צוֹלְלָן	*tzollelan*
doctor	רוֹפֵא	*roffe*
dodgems	מְכוֹנִיּוֹת שַׁעֲשׁוּעִים	*mechoniyot sha'ashoim*
dog	כֶּלֶב	*kellev*
dog lead	רְצוּעָה לְכֶלֶב	*retzoo'ah lekellev*
doing words	מִלּוֹת עֲשִׂיָּה	*meelot assiya*
doll	בֻּבָּה	*booba*
dolls' house	בֵּית בֻּבּוֹת	*bet boobot*
dolphin	דּוֹלְפִין	*dolfeen*
donkey	חֲמוֹר	*chammor*
door	דֶּלֶת	*dellet*
door handle	יָדִית	*yaddit*
downstairs	לְמַטָּה	*lematta*
dragon	דְּרָקוֹן	*drakkon*
drawer	מְגֵרָה	*m'gerra*
drawing	רִשּׁוּם	*reeshoom*
drawing pin	נַעַץ	*na'atz*
dress	שִׂמְלָה	*simla*
dressing gown	חָלוּק	*chalook*
drill (road)	מַקְדֵּחָה	*makdecha*
drill (wood)	מַקְדֵּחָה	*makdecha*
drink, to	לִשְׁתּוֹת	*lishtot*
driver	נֶהָג	*nehag*
drum	תֹּף	*toff*
dry	יָבֵשׁ	*yavvesh*
duck	בַּרְוָז	*barvaz*
ducklings	בַּרְוָזוֹנִים	*barvazzonim*
dustbin	פַּח אַשְׁפָּה	*pach ashpa*
duster	מַטְלִית אָבָק	*matleet avvak*
dustpan	כַּף אַשְׁפָּה	*kaff ashpa*
dwarf	גַּמָּד	*gammad*
eagle	עַיִט	*ayyit*
ear	אֹזֶן	*ozzen*
earth	אֲדָמָה	*addamma*
easel	כַּן צִיּוּר	*kan tzeeyoor*
easy	קַל	*kal*
eat, to	לֶאֱכֹל	*le'echol*
egg	בֵּיצָה	*betza*
egg (fried)	בֵּיצִיָּה	*betziya*
eiderdown	כֶּסֶת	*kesset*
eight	שְׁמוֹנָה (m), שְׁמוֹנֶה (f)	*shmona, shmoneh*
eighteen	שְׁמוֹנָה עָשָׂר (m), שְׁמוֹנֶה עֶשְׂרֵה (f)	*shmona assar, shmoneh essrey*
elbow	מַרְפֵּק	*marpek*
elephant	פִּיל	*peel*
eleven	אַחַד עָשָׂר (m), אַחַת עֶשְׂרֵה (f)	*achad assar, achat essrey*
elf	נַנָּס יַעַר	*nannas ya'ar*
engine (car)	מָנוֹעַ	*mano'ah*
engine (railway)	קַטָּר	*kattar*
engine driver	נֶהָג קַטָּר	*nehag kattar*
empty	רֵיק	*reik*
eye	עַיִן	*ayyin*
eyebrow	גַּבָּה	*gabba*
face	פָּנִים	*pannim*
factory	בֵּית חֲרֹשֶׁת	*beit charroshet*
fairground	לוּנָה פַּרְק	*loona park*
fairy	פֵּיָה	*feya*
fall, to	לִפּוֹל	*lippol*
family	מִשְׁפָּחָה	*mishpacha*
far	רָחוֹק	*rachok*
farm	מֶשֶׁק	*meshek*
farmer	אִכָּר	*eekar*
farmhouse	בֵּית הָאִכָּר	*bet ha'eekar*
fast	מָהִיר	*maheer*
fat	שָׁמֵן	*shammen*
father	אַבָּא	*abba*
Santa Claus	סַנְטָה קְלַאוּס	*santa claus*
feathers	נוֹצוֹת	*notzot*
feet	כַּפּוֹת רַגְלַיִם	*kappot raglayyim*
fence	גָּדֵר	*gadder*
few	אֲחָדִים	*achadeem*
field	שָׂדֶה	*saddeh*
fifteen	חֲמִשָּׁה עָשָׂר (m), חֲמֵשׁ עֶשְׂרֵה (f)	*chammeesha assar*, *chammesh essrey*
file	פְּצִירָה	*p'tzeera*
finger	אֶצְבַּע	*etzba*
fire	אֵשׁ	*esh*
fire engine	מְכוֹנִית כִּבּוּי	*me'choneet keebooi*
fireman	כַּבַּאי	*kabbai*
firewood	עֲצֵי הַסָּקָה	*atzei hassaka*
firework	זִקּוּקִין דִּי נוּר	*zeekookin dee noor*

first	רִאשׁוֹן	*rishon*
fish	דָּג	*dag*
fisherman	דַּיָּג	*dayyag*
fishing boat	סִירַת דַּיִג	*seerat dayyig*
fishing rod	חַכָּה	*chakka*
five	חֲמִשָּׁה (m),	*chameesha,*
	חָמֵשׁ (f)	*chammesh*
flag	דֶּגֶל	*deggel*
flats	דִּירוֹת	*deerot*
flippers	סְנַפִּירִים	*snapeereem*
floor	רִצְפָּה	*ritzpa*
flour	קֶמַח	*kemmach*
flower	פֶּרַח	*perach*
flowerbed	עֲרֻגַת פְּרָחִים	*aroogat pracheem*
fly	זְבוּב	*zvoov*
fog	עֲרָפֶל	*arrafel*
food	מָזוֹן	*mazzon*
foot	כַּף רֶגֶל	*kaf reggel*
football	כַּדּוּרֶגֶל	*kadooregel*
forest	יַעַר	*ya'ar*
fork (garden)	קִלְשׁוֹן	*kilshon*
fork (table)	מַזְלֵג	*mazleg*
four	אַרְבָּעָה (m),	*arba'ah,*
	אַרְבַּע (f)	*arba*
fourteen	אַרְבָּעָה עָשָׂר(m),	*arba'ah assar,*
	אַרְבַּע עֶשְׂרֵה(f)	*arba essrey*
fox	שׁוּעָל	*shoo'al*
fox cubs	גּוּרֵי שׁוּעָל	*goorey shoo'al*
fried eggs	בֵּיצִיָּה	*betziya*
frog	צְפַרְדֵּעַ	*tzfarde'ah*
frogman	אִישׁ צְפַרְדֵּעַ	*eesh tzfarde'ah*
front	חֲזִית	*chazzeet*
frost	כְּפוֹר	*kfor*
fruit	פֵּרוֹת	*perrot*
fruit juice	מִיץ פֵּרוֹת	*mitz perrot*
frying pan	מַחֲבַת	*machvat*
full	מָלֵא	*malleh*
garage	מוּסָךְ	*moosach*
garden	גִּנָּה	*ginnah*
gate	שַׁעַר	*sha'ar*
geese	אַוָּזִים	*avvazeem*
ghost	רוּחַ רְפָאִים	*roo'ach refa'im*
ghost train	רַכֶּבֶת שֵׁדִים	*rakkevet sheddeem*
giant	עֲנָק	*annak*
giraffe	ג׳ירָף	*jeeraf*
girl	יַלְדָּה, בַּת	*yalda, bat*
glass (drinking)	כּוֹס	*koss*
globe	גְּלוֹבּוּס	*globoos*
gloves	כְּפָפוֹת	*k'faffot*
glue	דֶּבֶק	*devvek*
goat	עֵז	*ez*
goldfish	דַּג זָהָב	*dag zahav*
good	טוֹב	*tov*
goods train	רַכֶּבֶת מַשָּׂא	*rakkevet massa*
goose	אַוָּז	*avvaz*
gorilla	גּוֹרִילָה	*goreela*
gosling	אַוָּזוֹן	*avvazon*
grandfather	סַבָּא	*sabba*
grandmother	סַבְתָּא	*savta*
grape	עֵנָב	*ennav*
grapefruit	אֶשְׁכּוֹלִית	*eshkoleet*
grass	עֵשֶׂב	*essev*
green	יָרֹק	*yarrok*
greenhouse	חֲמָמָה	*chammama*
grey	אָפֹר	*affor*
groceries	מִצְרְכֵי מָזוֹן	*mitzrechey mazzon*
guard (railway)	שׁוֹמֵר	*shommer*
guitar	גִּיטָרָה	*geetarra*
gull	שַׁחַף	*shachaf*
gun	רוֹבֶה	*rovveh*
gutter	מַרְזֵב	*marzev*
gymnastics	הִתְעַמְּלוּת	*hitamloot*
gymshoes	נַעֲלֵי הִתְעַמְּלוּת	*na'aley hitamloot*

hair	שֵׂעָר	*se'ar*
half	חֲצִי	*chatzee*
hall	הוֹל	*holl*
hammer	פַּטִּישׁ	*patteesh*
hamster	אוֹגֵר	*ogger*
hand	כַּף יָד	*kaf yad*
handbag	תִּיק	*teek*
handkerchief	מִמְחָטָה	*meemchata*
handle (door)	יָדִית	*yaddit*
harbour	נָמָל	*namal*
hard	קָשֶׁה	*kasheh*
hat	כּוֹבַע	*kovva*
hay	שַׁחַת	*shachat*
haystack	עֲרֵמַת שַׁחַת	*areimat shachat*
head	רֹאשׁ	*rosh*
headlights	פְּנָסִים קִדְמִיִּים	*pannasseem keedmeeyeem*
hedge	גֶּדֶר חַיָּה	*gadder chaya*
hedgehog	קִפּוֹד	*keepod*
heel	עָקֵב	*akkev*
helicopter	מָסוֹק	*massok*
helter skelter	מִגְדַּל שַׁעֲשׁוּעִים	*migdal sha'ashooim*
hen	תַּרְנְגֹלֶת	*tarnegollet*
hen house	לוּל	*lool*
hide, to	לְהִתְחַבֵּא	*lehitchabeh*
high	גָּבוֹהַּ	*gavo'ha*
high jump	קְפִיצָה לַגֹּבַהּ	*k'fitza lagova*
hill	גִּבְעָה	*giv'ah*
hippopotamus	סוּס יְאוֹר	*soos y'or*
hoe	מַעְדֵּר	*ma'der*
hole	חוֹר, בּוֹר	*chor, borr*
hoop	חִשּׁוּק	*cheeshook*
hoop-la	מִשְׂחֲקֵי חִשּׁוּקִים	*mischakei cheeshookeem*
home	בַּיִת	*bayyit*
honey	דְּבַשׁ	*d'vash*
horns	קַרְנַיִם	*karnayim*
horse	סוּס	*soos*
horse racing	מֵרוֹצֵי סוּסִים	*me'rootzey sooseem*
horse rider	רוֹכֵב	*rochev*
hose pipe	צִנּוֹר הַשְׁקָיָה	*tzeenor hashkaya*
hospital	בֵּית חוֹלִים	*bet choleem*
hot	חַם	*cham*
hot chocolate	מַשְׁקֶה שׁוֹקוֹלָד חַם	*mashkeh shokolad cham*
hotel	בֵּית מָלוֹן	*bet mallon*
house	בַּיִת	*bayyit*
husband	בַּעַל	*ba'al*
hut	בִּקְתָּה	*beekta*
ice cream	גְּלִידָה	*gleeda*
in	בִּפְנִים	*bifneem*
Indian	אִינְדְיָאנִי	*Indianee*
iron	מַגְהֵץ	*me'gahetz*
ironing board	קֶרֶשׁ גִּהוּץ	*kerresh geehootz*
island	אִי	*ee*
jacket	זַ׳קֶט	*jaket*
jam	רִבָּה	*reeba*
jars	צִנְצָנוֹת	*tzeentzannot*
jeans	מִכְנְסֵי ג׳ינְס	*michnesey jeens*
jelly	ג׳לִי	*jellee*
jigsaw	פָּזֶל	*pazzel*
judge	שׁוֹפֵט	*shoffet*
judo	ג׳וּדוֹ	*joodo*
juggler	לַהֲטוּטָן	*lahatootan*
jump	לִקְפֹּץ	*likpotz*
jumper	סְוֶדֶר וִי	*svedder vee*
kangaroo	קֶנְגּוּרוּ	*kangooroo*
kettle	קוּמְקוּם	*koomkoom*
key	מַפְתֵּחַ	*mafte'ach*
king	מֶלֶךְ	*mellech*
kitchen	מִטְבָּח	*mitbach*
kite	עֲפִיפוֹן	*affifon*
kittens	חֲתַלְתּוּלִים	*chattaltooleem*

English	עברית	transliteration	English	עברית	transliteration
knee	בֶּרֶךְ	berrech	mountain	הַר	har
knife	סַכִּין	sakkeen	mountaineer	מְטַפֵּס הָרִים	mettappess harreem
knight	אַבִּיר	abeer	mouth	פֶּה	peh
knit, to	לִסְרֹג	lisrog	mouth organ	מַפּוּחִית פֶּה	mapoocheet peh
			mud	בֹּץ	botz
laces (shoes)	שְׂרוֹכִים	srocheem	mushroom	פִּטְרִיָּה	peetreeya
ladder	סוּלָם	soolam			
lake	אֲגַם	aggam	nails	מַסְמְרִים	masmereem
lamb	טָלֶה	talleh	nasty	אָיֹם	ayyom
lamp	מְנוֹרָה	menora	neat	מְסֻדָּר	mesoodar
lamp post	פַּנָּס רְחוֹב	pannas rechov	neck	צַוָּאר	tzavar
lantern	פַּנָּס	pannas	nest, birds'	קֵן, צִפֳּרִים	ken, tzeeporeem
last	אַחֲרוֹן	acharon	net	רֶשֶׁת	reshet
laugh, to	לִצְחֹק	litzchok	new	חָדָשׁ	chaddash
lawn mower	מַכְסֵחָה	machsech	newspaper	עִתּוֹן	eeton
leaf	עָלֶה	a'leh	nice (taste)	טָעִים	ta'im
leaves	עָלִים	aleem	nightdress	כְּתֹנֶת לַיְלָה	k'tonnet lyla
leeks	כְּרֵשׁוֹת	kreishot	nine	תִּשְׁעָה(m), תֵּשַׁע(f)	tish'ah, tesha
left	שְׂמֹאל	smol	nineteen	תִּשְׁעָה עָשָׂר(m),	tish'ah assar,
leg	רֶגֶל	reggel		תְּשַׁע עֶשְׂרֵה(f)	t'sha essrey
lemons	לִימוֹנִים	leemoneem	nose	אַף	af
leopard	נָמֵר	nammer	notebook	פִּנְקָס	peenkuss
letter	מִכְתָּב	michtav	numbers	מִסְפָּרִים	mispareem
lettuce	חַסָּה	chassa	nurse	אָחוֹת	achot
lift	מַעֲלִית	ma'aleet	nuts (for bolts)	אוּמִים	oomeem
light	מוּאָר	moo'ar	nuts (to eat)	אֱגוֹזִים	egozzim
lighthouse	מִגְדַּלּוֹר	migdallor			
lightning	בָּרָק	barrak	oar	מָשׁוֹט	mashot
lion	אַרְיֵה	aryeh	oil	שֶׁמֶן	shemmen
lion tamer	מְאַלֵּף אֲרָיוֹת	m'allef arayot	oil can	אֲסוּךְ	assooch
lips	שְׂפָתַיִם	sfatayyim	oil tanker	מְכָלִית נֵפְט	mechaleet neft
listen, to	לְהַקְשִׁיב	l'haksheev	old	יָשָׁן	yashan
living room	חֲדַר אוֹרְחִים	chaddar orcheem	omelette	חֲבִיתָה	chaveeta
lizards	לְטָאָה	l'ta'ah	one	אֶחָד(m), אַחַת(f)	echad, achat
lock (canal)	דֶּלֶת סֶכֶר	dellet secher	onion	בָּצָל	batzal
locker	שִׂדָּה	sheeda	open	פָּתוּחַ	patoo'ach
loft	עֲלִיַּת גַּג	aliyat gag	opposite words	הֲפָכִים	hafacheem
logs	בּוּלֵי עֵץ	boolei etz	orange (colour)	כָּתֹם	kattom
long	אָרֹךְ	arroch	orange (fruit)	תַּפּוּז	tapooz
lorry	מַשָּׂאִית	massa'eet	orchard	מַטָּע	matta
low	נָמוּךְ	nammooch	ostrich	בַּת יַעֲנָה	bat ya'anna
lunch	אֲרוּחַת צָהֳרַיִם	aroochat tzohorayim	out	בַּחוּץ	ba'chootz
			oval	אֶלִיפְּסָה	eleepsa
magician	קוֹסֵם	kossem	over	מֵעַל	me'al
make, to	לַעֲשׂוֹת	la'assot	owl	יַנְשׁוּף	yanshoof
man	אִישׁ	eeth			
many	רַבִּים	rabbeem	paddle	מָשׁוֹט	mashot
map	מַפָּה	mappa	pageboy	נַעַר שֵׁרוּתִים	na'ar sherooteem
marbles	גֻּלּוֹת	goolot	paint	צֶבַע	tzeva
market	שׁוּק	shook	paint, to	לְצַיֵּר	letzayer
mask	מַסֵּכָה	massecha	painter	צַבָּע	tzabbar
mat	מַחְצֶלֶת	machtzellet	paint box	קֻפְסַת צֶבַע	koofsat tzeva
matches	גַּפְרוּרִים	gafrooreem	paint pot	קֻפְסַת צֶבַע	koofsat tzeva
meals	אֲרוּחוֹת	aroochot	painting	צִיּוּר	tzeeyor
meat	בָּשָׂר	bassar	paints	צְבָעִים	tzva'im
mechanic	מְכוֹנַאי	mechonai	palace	אַרְמוֹן	armon
medicine	תְּרוּפָה	troofa	pancake	לְבִיבָה	leveeva
melon	מֶלוֹן	mellon	panda	פַּנְדָה	panda
mice	עַכְבָּרִים	achbarreem	pants	תַּחְתּוֹנִים	tachtoneem
milk	חָלָב	challav	paper	נְיָר	n'yar
milk lorry	מְכָלִית חָלָב	me'challeet challav	paper chain	שַׁרְשֶׁרֶת נְיָר	sharsheret n'yar
mirror	מַרְאָה	mar'ah	paper hat	כּוֹבַע נְיָר	kova n'yar
mist	עֲרָפֶלִים	arfeeleem	parachute	מַצְנֵחַ	matzne'ach
mole	חֲפַרְפֶּרֶת	chafarperret	parcel	חֲבִילָה	chaveela
money	כֶּסֶף	kessef	park	פַּרְק	park
money box	קֻפָּה	koopa	parrot	תֻּכִּי	tookee
monkey	קוֹף	koff	party	מְסִבָּה	meseeba
monster	מִפְלֶצֶת	mifletzet	path	שְׁבִיל	shveel
moon	יָרֵחַ	yare'ach	pavement	מִדְרָכָה	meedracha
mop	סְחָבָה בְּמַקֵּל	s'chava b'makkel	paws	רַגְלֵי חַיָּה	ragley chayya
moth	עָשׁ	ash	pea	אָפוּן	afoon
mother	אִמָּא	eema	peach	אֲפַרְסֵק	afarsek
motor boat	סִירַת מָנוֹעַ	seerat mano'ah	pebbles	חַלּוּקֵי אֶבֶן	chalookey even
motor cycle	אוֹפַנּוֹעַ	offano'ah	peg (coat)	וָו	vav
motor racing	מֵרוֹצֵי מְכוֹנִיּוֹת	me'roozey me'choneeyot	pelican	שַׂקְנַאי	saknai
			pencil	עִפָּרוֹן	eeparon

penguin	פִּינְגְּוִין	*pengveen*
pen	עֵט	*et*
penknife	אוֹלָר	*ollar*
people	אֲנָשִׁים	*annasheem*
pepper	פִּלְפֵּל	*pilpel*
pet	חַיַּת שַׁעֲשׁוּעִים	*chayyat sha'ashooim*
petrol lorry	מְכָלִית דֶּלֶק	*mechaleet dellek*
petrol pump	מַשְׁאֵבַת דֶּלֶק	*mashevat dellek*
photograph	תַּצְלוּם	*tatzloom*
piano	פְּסַנְתֵּר	*p'santer*
picnic	פִּיקְנִיק	*peekneek*
pick, to	לִקְטֹף	*liktoff*
pictures	תְּמוּנוֹת	*t'moonot*
pig	חֲזִיר	*chazeer*
pigeon	יוֹנָה	*yonna*
piglet	חֲזִירוֹן	*chazeeron*
pigsty	חֲזִירִיָּה	*chazeerya*
pill	גְלוּלָה	*g'loola*
pillow	כַּר	*kar*
pilot	טַיָּס	*ta'yas*
pineapple	אֲנָנָס	*annanas*
pink	וָרֹד	*varrod*
pipes	צִנּוֹרוֹת	*tzeenorot*
pirate	שׁוֹדֵד יָם	*shodded yam*
pistol	אֶקְדָּח	*ekdach*
plane (air)	מָטוֹס	*mattos*
plane (wood)	מַקְצוּעָה	*maktzoo'ah*
plank	קֶרֶשׁ	*kerresh*
plants	צְמָחִים	*tzmacheem*
plaster	גֶּבֶס	*gevvess*
plate	צַלַּחַת	*tzalachat*
platform	רָצִיף	*ratzif*
play, to	לְשַׂחֵק	*lesachek*
playing cards	קְלָפִים	*klafeem*
playground	מִגְרַשׁ מִשְׂחָקִים	*meegrash meeschakeem*
plough	מַחְרֵשָׁה	*machresha*
plum	שְׁזִיף	*shezeef*
pocket	כִּיס	*kees*
polar bear	דֹּב לָבָן	*dov lavvan*
pole	מוֹט	*mott*
police car	מְכוֹנִית מִשְׁטָרָה	*mechoneet meeshtara*
policeman	שׁוֹטֵר	*shotter*
polish	מִשְׁחַת הַבְרָקָה	*meeshchat havraka*
pond	בְּרֵכָה	*breicha*
pony	פּוֹנִי	*ponnee*
popcorn	פּוֹפּ קוֹרְן	*pop korn*
porter	סַנִּיטָר	*sannitar*
postman	דַּוָּר	*davvar*
pot (paint)	קוּפְסָה	*koofsa*
potato	תַּפּוּחַ אֲדָמָה	*tapoo'ach addama*
pram	עֶגְלַת תִּינוֹק	*eglat tinnok*
present	מַתָּנָה	*mattana*
prince	נָסִיךְ	*naseech*
princess	נְסִיכָה	*neseecha*
prison	בֵּית סֹהַר	*bet sohar*
pudding	פַּשְׁטִידָה	*pashteeda*
puddle	שְׁלוּלִית	*shlooleet*
pull, to	לִמְשֹׁךְ	*leemshoch*
pump, air	מַשְׁאֵבָה, אֲוִיר	*masheva, aveer*
pump, petrol	מַשְׁאֵבָה, דֶּלֶק	*masheva, dellek*
pumpkin	דְּלַעַת	*d'la'at*
puppet	בֻּבָּה	*booba*
puppy	כְּלַבְלָב	*klavlav*
purple	סָגֹל	*saggol*
purse	אַרְנָק	*arnak*
push, to	לִדְחֹף	*lidchoff*
push chair	עֶגְלַת טִיּוּל	*eglat teeyool*
pyjamas	פִּיגָ'מָה	*peejama*
queen	מַלְכָּה	*malka*
rabbits	אַרְנָבוֹת	*arnavot*

racing car	מְכוֹנִית מֵרוֹץ	*mechoneet merotz*
racing car driver	נֶהָג מְכוֹנִית מֵרוֹץ	*nehag mechoneet merotz*
racing, speedway	מֵרוֹצֵי אוֹפַנּוֹעִים	*merotzey ofanoim*
radiator	רַדְיָאטוֹר	*radyator*
radio	רַדְיוֹ	*radyo*
railings	גָּדֵר	*gadder*
railway lines	פַּסֵּי רַכֶּבֶת	*passey rakkevet*
railway station	תַּחֲנַת רַכֶּבֶת	*tachanat rakkevet*
rain	גֶּשֶׁם	*geshem*
rainbow	קֶשֶׁת בֶּעָנָן	*keshet beannan*
rake	מַגְרֵפָה	*magrefa*
rasberry	פֶּטֶל	*pettel*
read, to	לִקְרֹא	*leekro*
record	תַּקְלִיט	*takleet*
recorder	חֲלִילִית	*chaleeleet*
record player	פַּטִיפוֹן	*pattifon*
red	אָדֹם	*addom*
reindeer	אַיָּל בֵּיתִי	*ayyal beiti*
refrigerator	מְקָרֵר	*mekarrer*
rhinoceros	קַרְנַף	*karnaf*
ribbon	סֶרֶט	*serret*
rice	אֹרֶז	*orez*
riding	רְכִיבָה	*recheeva*
rifle range	קְלִיעָה לַמַּטָּרָה	*k'li'ah lamatara*
right	יָמִין	*ya'min*
ring master	מַנְחֶה	*mancheh*
river	נָהָר	*nahar*
road	כְּבִישׁ	*kveesh*
roast meat	צְלִי בָּשָׂר	*tzlee bassar*
robber	שׁוֹדֵד	*shodded*
robot	רוֹבּוֹט	*robbot*
rocket	רָקֶטָה	*rakketta*
rocking horse	סוּס נַדְנֵדָה	*soos nadnedda*
rocks	סְלָעִים	*sla'eem*
roll (bread)	לַחְמָנִיָּה	*lachmaniya*
roller	מַכְבֵּשׁ	*machbesh*
roller skates	סְקֶטִים	*sketteem*
roof	גַּג	*gag*
rope	חֶבֶל	*chevvel*
rope ladder	סֻלָּם חֲבָלִים	*soolam chavvaleem*
roundabout	קָרוּסֶלָה	*karoosella*
rowing	חֲתִירָה	*chateera*
rowing boat	סִירַת מָשׁוֹט	*seerat mashot*
rubber	מַחַק	*machak*
rubbish	אַשְׁפָּה	*ashpa*
rug	מַרְבַד	*marvad*
ruler	סַרְגֵּל	*sargel*
run, to	לָרוּץ	*larootz*
runway	מַסְלוּל	*maslool*
sacks	שַׂקִּים	*sakkeem*
saddle	אֻכָּף	*ookaff*
safety net	רֶשֶׁת בִּטָּחוֹן	*reshet beetachon*
sailing	שַׁיִט מִפְרָשִׂיּוֹת	*sheyt mifrassiyot*
sailing boat	סִירַת מִפְרָשׂ	*seerat mifrass*
sailor	מַלָּח	*mallach*
salad	סָלָט	*sallat*
salt	מֶלַח	*mellach*
sandals	סַנְדָּלִים	*sandalleem*
sandcastle	אַרְמוֹן חוֹל	*armon chol*
sandpaper	נְיַר זְכוּכִית	*n'yar zechoocheet*
sandpit	אַרְגַּז חוֹל	*argaz chol*
sandwich	כָּרִיךְ	*kareech*
sauce	רֹטֶב	*rottev*
saucepan	סִיר בִּשּׁוּל	*seer beeshool*
saucer	תַּחְתִּית	*tachteet*
sausages	נַקְנִיקִיּוֹת	*naknikiyot*
saw	מַסּוֹר	*massor*
sawdust	נְסֹרֶת	*nessorret*
scales	מֹאזְנַיִם	*m'oznayeem*
scarecrow	דַּחְלִיל	*dachleel*
scarf	צָעִיף	*tza'eef*
school	בֵּית סֵפֶר	*beit seffer*

scissors	מִסְפָּרַיִם	*meesparayeem*
scooter	קוֹרְקִינֶט	*korkeenet*
screw	בֹּרֶג	*borreg*
screwdriver	מַבְרֵג	*mavreg*
sea	יָם	*yam*
sea shell	צֶדֶף	*tzeddeff*
seal	כֶּלֶב יָם	*kellev yam*
seaside	שְׂפַת הַיָּם	*sfat hayam*
seasons	עוֹנוֹת הַשָּׁנָה	*onnot hashanna*
seaweed	אַצּוֹת	*atzot*
seeds	זְרָעִים	*zra'eem*
seesaw	נַדְנֵדָה	*nadnedda*
seven	שִׁבְעָה (m), שֶׁבַע (f)	*sheevah, sheva*
seventeen	שִׁבְעָה עָשָׂר (m), שְׁבַע עֶשְׂרֵה (f)	*sheevah assar, shva essrey*
sew, to	לִתְפֹּר	*leetpor*
shapes	צוּרוֹת	*tzoorot*
shark	כָּרִישׁ	*kareesh*
shavings	שְׁבָבִים	*shvaveem*
shed	צְרִיף	*tzreef*
sheep	כְּבָשִׂים	*kvasseem*
sheepdog	כֶּלֶב רוֹעִים	*kellev ro'eem*
sheet	סָדִין	*saddeen*
shepherd	רוֹעֵה צֹאן	*ro'eh tzon*
sheriff	שֶׁרִיף	*sherreef*
ship	אֳנִיָּה	*oneeya*
shirt	חֻלְצָה	*chooltza*
shoe	נַעַל	*na'al*
shooting	קְלִיעָה	*kli'ah*
shop	חֲנוּת	*channoot*
shopping bags	סַלֵּי קְנִיּוֹת	*salley kneeyot*
shopkeeper	חֶנְוָנִי	*chenvannee*
short	קָצָר	*katzar*
shorts	מִכְנָסַיִם קְצָרִים	*meechnassayeem ktzareem*
shoulder	כָּתֵף	*kattef*
show jumping	קְפִיצוֹת רַאֲוָה	*k'feetzot ra'ava*
shower	מִקְלַחַת	*meeklachat*
signals	אִתּוּת	*eetoot*
signpost	תַּמְרוּר	*tamroor*
silkworms	תּוֹלְעֵי מֶשִׁי	*tola'ey meshee*
sing, to	לָשִׁיר	*lasheer*
singer	זַמֶּרֶת	*zammeret*
sink	כִּיּוֹר	*keeyor*
sister	אָחוֹת	*achot*
sit, to	לָשֶׁבֶת	*lashevet*
six	שִׁשָּׁה (m), שֵׁשׁ (f)	*sheesha, shesh*
sixteen	שִׁשָּׁה עָשָׂר (m), שֵׁשׁ עֶשְׂרֵה (f)	*sheesha assar, shesh essrey*
skating	הַחְלָקָה	*hachlaka*
skiing	גְלִישָׁה	*gleesha*
skip, to	לִקְפֹּץ (עַל חֶבֶל)	*leekpotz (al chevvel)*
skipping rope	חֶבֶל קְפִיצָה	*chevvel k'fitza*
skirt	חֲצָאִית	*chatza'eet*
sleep, to	לִישׁוֹן	*leeshon*
sleigh	מִזְחֶלֶת	*meezchellet*
slide	מַגְלֵשָׁה	*maglesha*
slippers	נַעֲלֵי בַּיִת	*na'aley bayyit*
slow	אִטִּי	*eettee*
small	קָטָן	*kattan*
smile, to	לְחַיֵּךְ	*lechayech*
smoke	עָשָׁן	*ashan*
snail	חִלָּזוֹן	*cheelazon*
snake	נָחָשׁ	*nachash*
snow	שֶׁלֶג	*shelleg*
soap	סַבּוֹן	*sabbon*
socks	גַּרְבַּיִם	*garbayeem*
soft	רַךְ	*rach*
soldier	חַיָּל	*chayyal*
soldiers (toy)	חַיָּלֵי עוֹפֶרֶת	*chayyaley offeret*
son	בֵּן	*ben*
soup	מָרָק	*marrak*
spaceman	אִישׁ חָלָל	*eesh challal*
spade	אֵת	*et*
spaghetti	סְפָּגֶטִי	*spagettee*

spanner	מַפְתֵּחַ בְּרָגִים	*mafte'ach brageem*
sparklers	זִקּוּקִים	*zeekookeem*
speedway racing	מֵרוֹצֵי אוֹפַנּוֹעִים	*merotzey offano'eem*
spider	עַכָּבִישׁ	*akkaveesh*
spinach	תֶּרֶד	*terred*
sponge	סְפוֹג	*sfog*
spoon	כַּף	*kaf*
sports	סְפּוֹרְט	*sport*
sprinkler	מַמְטֵרָה	*mamterra*
spring	אָבִיב	*aviv*
sprouts	כְּרוּב נִיצָנִים	*kroov nitzanneem*
squabble, to	לְהִתְקוֹטֵט	*lehitkottet*
square	רִבּוּעַ	*reeboo'ah*
squash	מִיץ מְמֻתָּק	*meetz memootak*
squirrel	סְנָאִי	*sna'ee*
stable	אוּרְוָה	*oorva*
stagecoach	כִּרְכָּרָה	*keerkara*
stairs	מַדְרֵגוֹת	*madre'got*
station	תַּחֲנָה	*tachana*
stand, to	לַעֲמֹד	*la'ammod*
star	כּוֹכָב	*kochav*
star fish	כּוֹכָב יָם	*kochav yam*
statue	פֶּסֶל	*pessel*
steps	מַדְרֵגוֹת	*madre'got*
stew	גוּלָשׁ	*goolash*
sticks	מַקְלוֹת	*maklot*
stones	אֲבָנִים	*avaneem*
stool	שְׁרַפְרַף	*shrafraf*
storybook words	מִלִּים מִסִּפּוּרֵי יְלָדִים	*meelim meesee-porey yeladim*
straw (drinking)	קַשִּׁית	*kashit*
straw bale	עֲרֵמוֹת קַשׁ	*areymot kash*
strawberry	תּוּת שָׂדֶה	*toot saddeh*
stream	נַחַל	*nachal*
street	רְחוֹב	*rechov*
string	חוּט	*choot*
submarine	צוֹלֶלֶת	*tzollelet*
sugar	סֻכָּר	*sookar*
suitcases	מִזְוָדוֹת	*meezvadot*
summer	קַיִץ	*kayyitz*
sums	חֶשְׁבּוֹן	*cheshbon*
sun	שֶׁמֶשׁ	*shemmesh*
sunhat	כּוֹבַע שֶׁמֶשׁ	*kovva shemmesh*
sunshade	סוֹכֵךְ	*sochech*
supper	אֲרוּחַת עֶרֶב	*aroochat errev*
swan	בַּרְבּוּר	*barboor*
sweater	סְוֶדֶר גּוֹלְף	*svedder golf*
sweep, to	לְטַאטֵא	*lettateh*
sweets	סֻכָּרִיּוֹת	*sookaryot*
swimming	שְׂחִיָּה	*s'cheeya*
swimsuit	בֶּגֶד יָם	*begged yam*
swings	נַדְנֵדוֹת	*nadnedot*
switch	מֶתֶג	*metteg*
sword	חֶרֶב	*cherev*
syringe	מַזְרֵק	*mazrek*
table	שֻׁלְחָן	*shoolchan*
table cloth	מַפַּת שֻׁלְחָן	*mappat shoolchan*
table tennis	טֶנִיס שֻׁלְחָן	*tennees shoolchan*
tacks	נְעָצִים	*ne'atzeem*
tadpoles	רֹאשָׁנִים	*roshanneem*
tail	זָנָב	*zannav*
take	לָקַחַת	*lakachat*
talk	לְשׂוֹחֵחַ	*lesoche'ach*
tank	טַנְק	*tank*
tap	בֶּרֶז	*berrez*
tape measure	סֶרֶט מִדָּה	*serret meeda*
target	מַטָּרָה	*mattara*
taxi	מוֹנִית	*moneet*
tea	תֵּה	*teh*
teacher	מוֹרָה	*morrah*
teaspoon	כַּפִּית	*kappeet*